D'UN AMOUR
À L'AUTRE

Extraits
de la correspondance
d'un poilu
par
le Capitaine HANRY

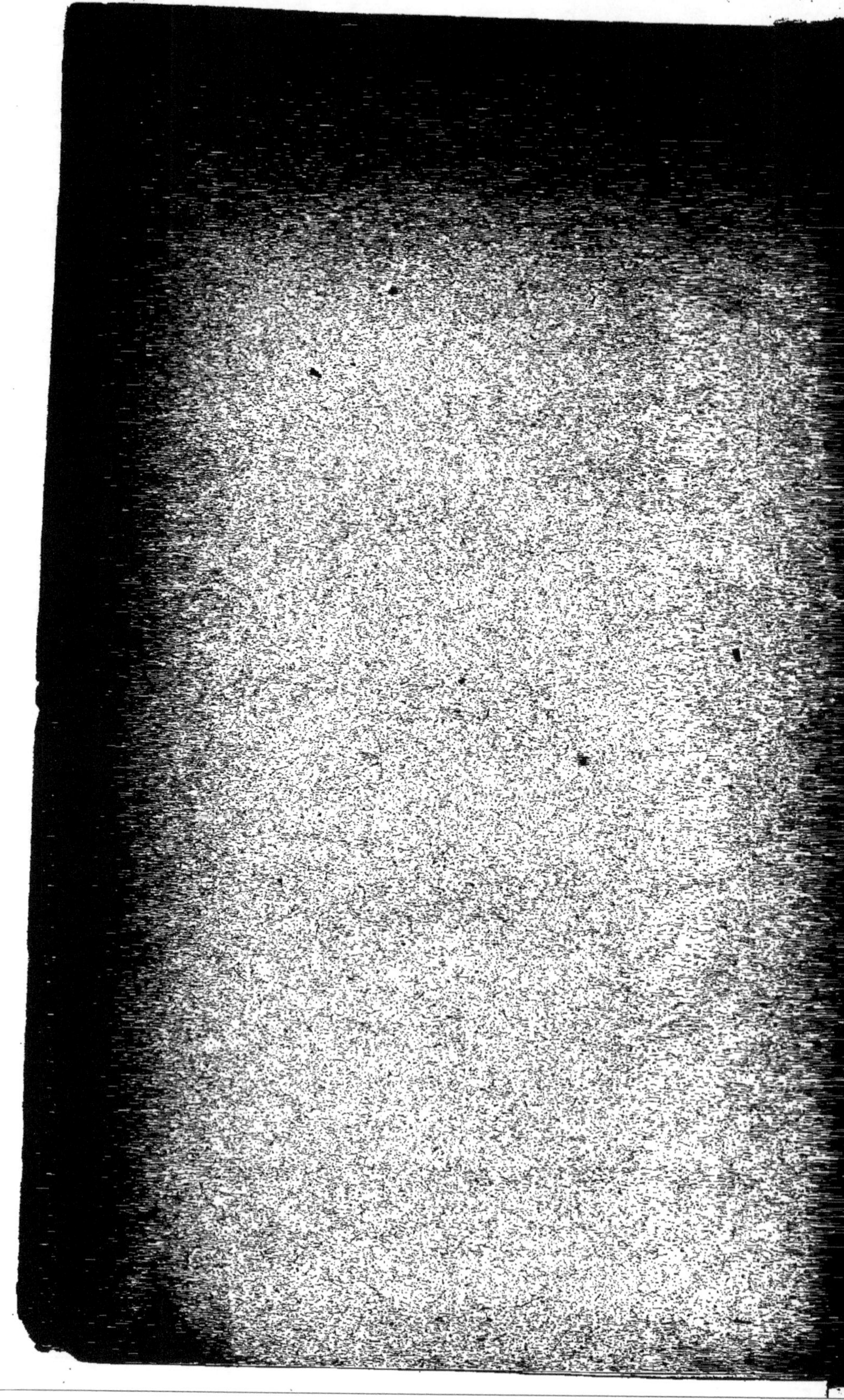

D'UN AMOUR
A L'AUTRE

Extraits
de la correspondance
d'un poilu
par
le Capitaine HANRY

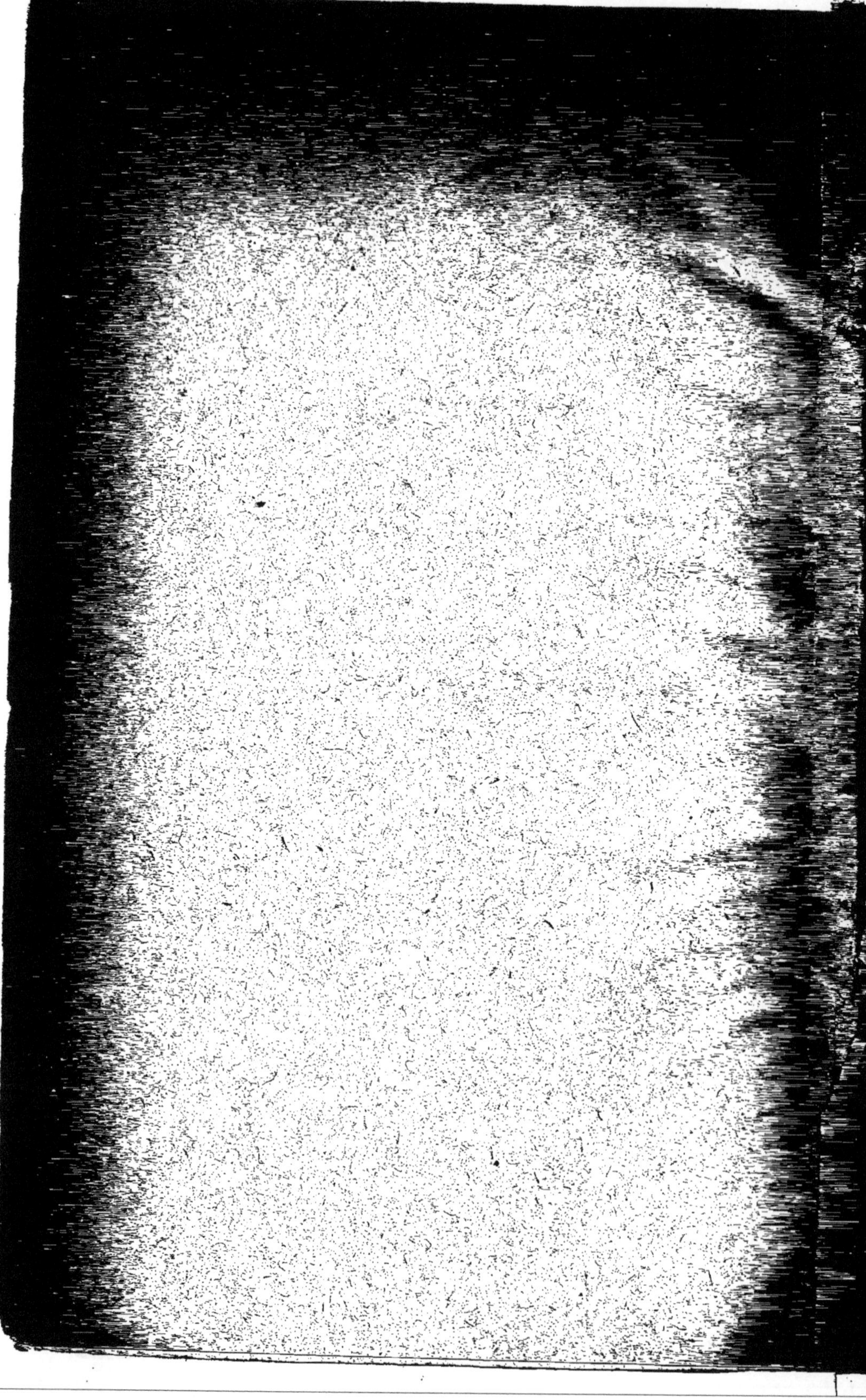

A mes morts — — — — — —

A mes camarades de combat

Au 98ᵉ Régiment d'Infanterie —

— —   à ses poilus   — — —

— —   à ses benjamins, les

recrues de la classe 1919 —

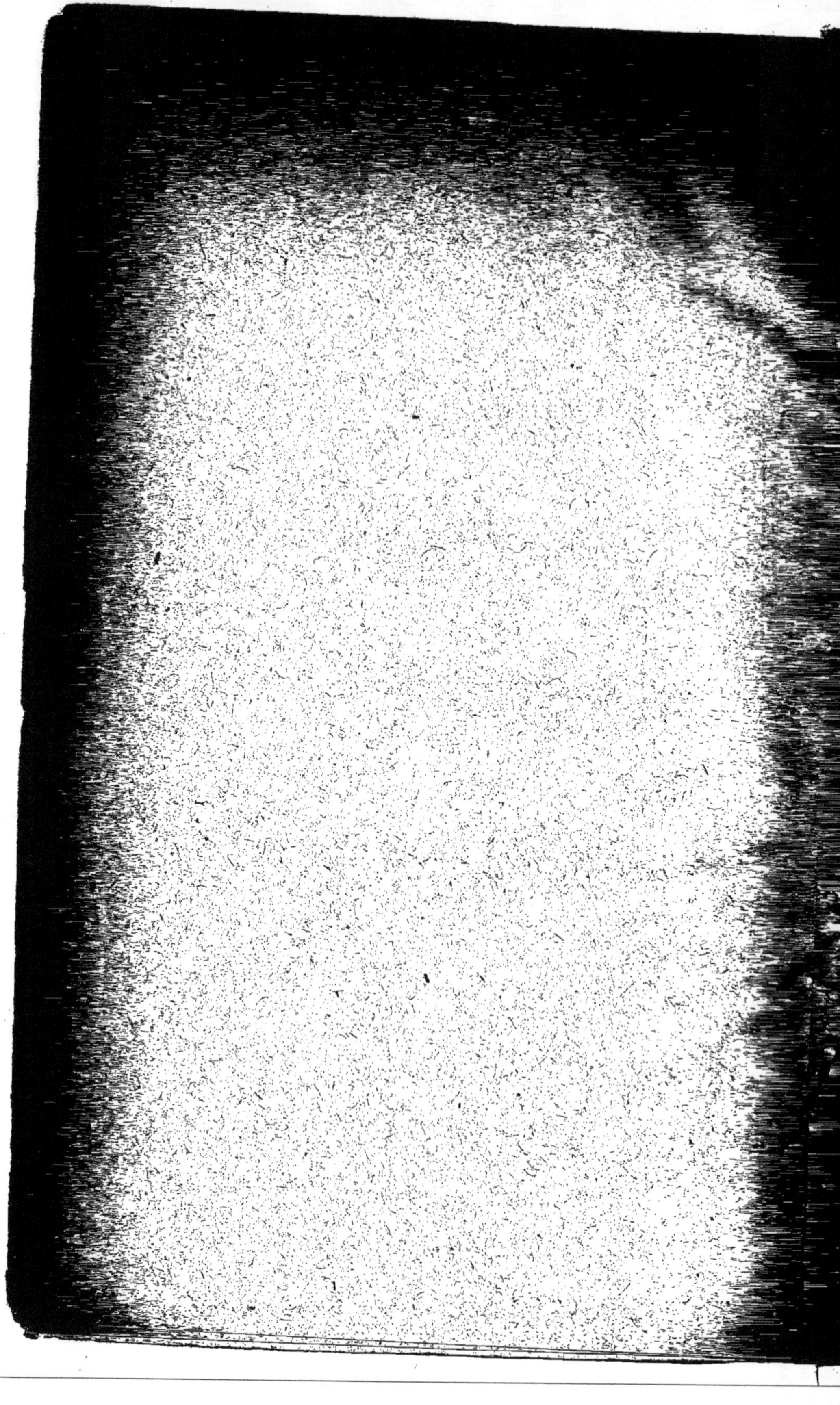

Villemontais, 25 Juillet 1915.

A MA FIANCÉE.

Adieu, ma bien aimée. Je repars demain.

Je n'ai pas voulu te revoir : mon cœur eut trop saigné. Mais que mes forces me permettent au moins, ce dernier soir, de revivre notre amour et d'espérer encore.

Te souviens-tu de notre premier bouquet de violettes ? La neige avait à peine disparu, la terre était tout alourdie encore, mais que ces premiers rayons de soleil étaient chauds et pénétrants. Je me soutenais à ton bras, et nous allions lentement le long de ce chemin raviné où coulaient en cascadant de minces filets d'une eau jeune et limpide. C'était pour moi, que venait de frôler la mort, la vie de nouveau qui m'apparaissait toute de douceur et d'espérance. Je n'étais point très solide encore, il fallut nous arrêter, et en cherchant un coin où nous asseoir, tu découvris une violette... Ce fut une joie enfantine... Tu voulus en chercher d'autres. Longtemps, tu restas à remuer les feuilles, à écarter les brindilles sèches, à retourner les pierres, tu n'en trouvas que trois... Je te les payai trois bons baisers.

Puis ce fut quelques jours plus tard, tu t'en souviens aussi, notre promenade aux Sapins. En montant, tu me disais :

« Il me semble que je t'ai pour toujours ; tu as assez souffert, « et la guerre va finir bientôt. »

Je partageais ton espoir.

A l'ombre d'un grand genêt, au pied duquel une alouette, au printemps dernier, avait fait son nid, nous fîmes des projets d'avenir ; et notre rêve était si bon que nous oubliâmes de rentrer : la nuit nous surprit.

Ce furent ensuite ces sorties quotidiennes où nos cœurs s'ouvraient et s'épanchaient en de longues causeries. Nous ne pensions plus à la guerre, nous goûtions en égoïstes notre bonheur.

« Nous l'avons bien gagné », me disais-tu.

Je rejoignis mon dépôt. Nos rencontres plus rares et plus difficiles n'en devenaient que plus savoureuses.

Dimanche encore, j'étais près de toi ; et c'est un regret presque, car aujourd'hui, j'en souffre de tes baisers trop récents, de tes paroles d'amour que j'entends encore.

Il faut partir.

En vain, les mille bruits des grands bois descendent
la montagne et viennent s'éteindre à mon oreille, comme un chant
d'amour de cette terre de France. En vain, les cloches de l'Angelus
se répondent d'un clocher à l'autre, font monter leur voix vers le
ciel pour me dire de croire et d'espérer. En vain, l'étoile veut
attirer mon regard... Je ne puis pas... Ma douleur est trop grande.
Je ne puis que maudire.

Il faut partir.

Ah ! bien aimée, je sens que je te perds pour toujours.

Et je ne puis même oublier mon devoir pour être à toi ! Ce
serait te perdre plus sûrement encore.

Il faut partir... et te laisser.

Adieu.

Oh ! Je souffre !

Aux Armées, 2 Août 1915.

A MA FIANCÉE,

Voilà donc la séparation accomplie.

J'ai rejoint mon régiment à l'endroit où je l'avais laissé il y a
six mois. Je reste affecté à mon ancienne compagnie. Le capitaine
m'a confié le commandement de la première section.

J'ai retrouvé quelques-uns de mes anciens soldats qui sont
venus me serrer la main. Ils ont bonne mine sous leur capote
maculée de boue. La barbe, qu'ils portent presque tous, les
vieillit, mais on les sent solides et bons enfants. Les officiers les
appellent « les poilus ». Ce nom me plaît.

Nous campons au milieu du bois des Loges. Nous sommes
à l'abri de la pluie, même des éclats d'obus, et les couchettes en
treillage métallique ne sont point trop dures. Vraiment, je ne
m'attendais pas à pareille installation. Il y a loin de la tranchée
de la cote 101, dont je te parlais, étroite, boueuse, où il fallait
passer quatre jours accroupi, aux abris presque confortables que
nous occupons maintenant.

Demain, nous monterons en première ligne, à la tranchée
des « tirailleurs ».

Mais que pourrais-je te dire encore de ce premier contact
avec le front ? Mon cœur n'est point là ; et si parfois je reviens à
moi, les sens frappés par quelque chose de nouveau, quelque
chose d'oublié, je sens bien vite que toute ma vie est dans le
souvenir que j'ai de toi. Tout à l'heure, j'entendais des hommes

rire, et ce rire m'a fait mal. Quoi, on pourrait s'habituer à cette existence, l'accepter? Accepter de vivre de longs mois sous ces haillons couverts de boue, dans ces trous humides, peuplés de rats et de bêtes immondes? Accepter de risquer sa vie pour l'ôter à d'autres?

Mais qu'est-ce donc que l'homme? Mais ce ne sont plus des hommes !

Ah oui ! vite, vite que j'oublie, et que ma pensée me reporte à tes côtés. Ton souvenir va être l'oasis accueillante où j'irai me reposer du poids accablant qui m'oppresse.

Te souviens-tu d'un soir de mai, il y a trois mois à peine, où nous étions allés sur les bords de la Loire cueillir des muguets? Il y avait beaucoup de muguets et nous n'en trouvions guère. Il était meilleur de nous tendre la main, et meilleur encore de nous rapprocher tout près pour nous montrer, entre deux branches, un clocher lointain que nous ne regardions pas. Et puis, il faisait si chaud qu'il était bon de nous asseoir, souvent côte à côte, pour lire la même page du même livre. Quel livre lisions-nous? Je crois bien que je ne l'ai jamais su.

Oh ! il vient de tomber un obus tout près, un abri a été démoli. Ni tué, ni blessé grave heureusement. J'admire les hommes ; il n'y avait pas dix secondes que l'obus avait explosé que déjà vingt d'entre eux dégageaient leurs camarades ensevelis ; il a fallu que le capitaine en renvoie la moitié pour ne pas en exposer trop. Quel mépris du danger !

Adieu, ma chérie, il est nuit depuis une heure déjà et il me faudra être debout à quatre heures demain.

Aux Armées, 8 Août 1915,

A ma Fiancée,

Depuis six jours j'occupe avec ma section la tranchée des « tirailleurs ».

La vie est dure en première ligne, au moins pour moi qui n'arrive pas à partager la belle confiance des hommes la nuit et à dormir. Il y a bien des réseaux de fils de fer barbelés, mais sait-on jamais s'il n'y a pas quelque brèche?

Mon abri, mon P. C., est un trou de deux mètres de tous côtés, couvert d'une couche de rondins et de tôles ondulées. Il est garni d'une couchette, d'une table rustique, d'un siège, et pas trop fréquenté par les rats.

Je passe ma journée à lire, à dormir un peu. La nuit, j'ai un service de quart qui dure deux heures. Je dois, pendant ce temps, visiter les sentinelles, relater toutes les manifestations de l'ennemi, prendre les premières dispositions en cas d'imprévu. J'aime beaucoup ce service. Pendant ces deux heures, je me sens vivre davantage : ma responsabilité est plus grande et je comprends mieux l'importance de mes fonctions. Et puis, il y a du plaisir à sortir de la tranchée, à vaincre son appréhension et à braver un danger, qui d'ailleurs est minime. Quelquefois, je vais placer en avant des réseaux une patrouille d'embuscade, et c'est une sensation agréable de revenir à l'abri après avoir parcouru deux ou trois cents mètres à travers l'inconnu, avec mille précautions souvent exagérées.

Je me plais à causer avec mes poilus. Presque toujours, à les entendre, je trouve du réconfort ; et j'en ai besoin, car sitôt que mon service ne m'absorbe pas, ma pensée s'en va vers toi, la résignation disparaît et le courage d'accepter mon sort.

Mes hommes ont terminé ce soir un grand abri pour une demi-section. Le capitaine est venu voir. Il s'est montré satisfait.

« Mais vous avez oublié de laisser une cheminée », me dit-il.

Je lui réponds que le feu n'est pas nécessaire.

« Et l'hiver ? » reprend-il.

J'ai cru qu'il plaisantait... être encore ici l'hiver ! !..

Mais c'était sérieux, et j'ai bien vu que l'autre lieutenant était de l'avis du capitaine.

Pourtant, les journaux nous racontent que c'est la famine en Allemagne, ils ne pourront tenir l'hiver prochain ?

Mais vrai, de voir qu'on se prépare à une nouvelle campagne d'hiver, ça m'a démonté. J'aime à croire cependant que ces mesures ne sont dictées que par un excès de précautions.

Je vais mettre mes consignes à jour, car notre relève est prochaine.

Au revoir, petite aimée.

Aux Armées, 9 Août 1915.

A MA FIANCÉE,

Minuit. Je viens de finir mon quart. Tout est tranquille. Moi-même je subis l'influence des hommes et des choses et pour la première fois depuis mon retour, je puis songer à mon sort sans révolte.

Certes, depuis quinze jours, je commence à m'habituer à ma condition, si jamais on peut s'habituer à condition pareille, mais je n'arrive pas à comprendre toutefois le calme que je ressens. Est-ce ma volonté qui ne sait plus que consentir ? Ou même, ne suis-je plus qu'un instrument dans le formidable appareil militaire ?...

Mais, non, ce calme dont je me vante n'existe pas : il m'a suffi de vouloir l'expliquer pour que, de nouveau, tout mon être s'indigne... Et pourtant, si en cet instant, l'ennemi était là, je sens bien que je ferais comme les autres, que je voudrais peut-être faire mieux que les autres.

Je ne veux accepter aucun des devoirs que la guerre impose et je ne sais quoi me force à les remplir.

Oh ! c'est une souffrance d'être à la merci de forces qui me semblent étrangères à moi et de faire ce que ma volonté réfléchie ne me permettrait pas, car, froidement, je ne puis admettre les droits horribles que me donne la guerre.

Et combien sont devenus des soldats incomparables qui, comme moi, n'acceptaient pas la guerre, il y a un an à peine !

Je ne comprends pas.

Tout à l'heure, j'interrogeais un de mes hommes :

— Quel âge as-tu ?

— Quarante ans.

— D'où es-tu ?

— Des Ardennes.

— Ah !... tu as de la famille ?

— J'ai ma femme et deux gosses, là-bas ; je ne sais ce qu'ils deviennent, les Boches ont pillé ma ferme.

— Pauvre ami... Espère...

— Oh ! que voulez-vous que j'espère, mon lieutenant, j'ai fait le sacrifice de tout. S'il me reste quelque chose à la fin de la guerre, ce sera du bénéfice.

Sublime résignation.

Je continuai pensif ma ronde. Pas bien loin de là, j'entendis chantonner. Je m'approchai. Je distinguai à peine, cependant je saisis les derniers mots :

« Je crois en la France comme je crois en Dieu. »

Ajouterai-je que le chanteur était un jeune soldat de la classe 1915, allongé dans un boyau en impasse, avec une tôle ondulée pour toiture et son sac pour oreiller ? Plus je connais mes hommes, plus je les admire et moins je les comprends ; mais je les envie.

Ah ! partager la foi de quelques-uns ou la résignation de
autres et l'oublier un peu !

Pardonne-moi, je souffre tant de l'aimer.

Aux Armées, 15 Août 1915.

A MA FIANCÉE,

Depuis le 10 juillet, nous sommes au repos à Conchy-les-Pots.
Après une première quinzaine de tranchée, je trouve bon d'être
à l'abri du vent et de la pluie. Mais, le croirais-tu ? J'en suis
déjà las de ce repos.

Quelle triste population que cette population d'arrière-
front ! À de rares exceptions près, ce qui reste est la lie :
mercantis voleurs, ou femmes débauchées. Et ce n'est plus le
poilu que j'admirais aux tranchées. Ici, il devient volontiers
ivrogne et de ce fait indiscipliné. Il accepte difficilement l'exercice et le travail, dont, il est vrai, on ne voit pas toujours
l'utilité.

Je me trouve dans une atmosphère empestée où je vis plus
difficilement qu'en première ligne.

Avec un camarade, je suis allé me promener cette soirée.
Nous avons visité dans un village voisin, à Boulogne-la-Grâce, un
château baroque, avec des tours, des caves, des passages sou-
terrains, qui étonnent. Le propriétaire a disparu quelques jours
avant la déclaration de guerre. Les habitants prétendent que
c'était un Boche et son château serait un travail de préparation
de guerre. On m'assure que ce n'est pas le seul exemple dans
la région.

Tout de même !

Les pouvoirs publics l'ignoraient donc ? Notre belle confiance
d'avant-guerre existait-elle seulement parce que nous voulions
ne pas ouvrir les yeux ? Ceux qui criaient au danger et dont
nous souriions avaient-ils donc raison ?

Mais alors, quel crime pour tous ceux qui ont endormi
notre vigilance et sont cause de l'invasion de la France et de tant
de morts que notre impréparation nous a valus !

Mon camarade, qui est un croyant et un patriote de vieille
date, me disait :

« Leur préparation à la guerre s'est faite sur bien d'autres
« terrains ; et, malheureusement, ils ont trouvé chez nous de la
« complaisance et de la complicité.

« Toute une propagande d'origine boche s'exerçait en
« France depuis une douzaine d'années. Ils ont cherché à dé-
« truire toutes les traditions, toutes les influences qui pouvaient
« assainir notre patrie et la laisser forte et vigoureuse. Le résultat
« a été l'avilissement de la famille, la dépopulation.

« Avez-vous remarqué les trois caractères, toujours les
« mêmes, qu'on découvrait dans toutes les publications que nous
« valait cette propagande : Immoralité, antipatriotisme, irréligion.

« L'éducation que nous avons reçue depuis vingt ans n'a
« pas réussi, heureusement, à faire disparaître le fond de notre
« caractère que quinze siècles ont façonné, et nos sentiments
« restent plus forts que notre raison.

« Voilà, sans doute, l'explication de ces transports irrai-
« sonnés qui nous ont jetés à la frontière en 1914, et l'explication
« aussi de cet effort surprenant dont est capable la France. »

Mon camarade a peut-être raison.

Je t'entretiens de sujets bien sérieux, petite aimée. Pardonne-moi, ma vie intérieure se transforme. Le sacrifice de ton
amour que l'enthousiasme de la mobilisation a expliqué une
première fois me déchire le cœur maintenant et je voudrais
comprendre au moins que je le dois, ce sacrifice, à un idéal qui
existe en moi, voilé encore, et à un autre amour pour lequel tant
de héros sont déjà tombés.

Notre canon gronde tout proche, et sa voix vibrante me
semble, ce soir, la voix de tout un peuple ressuscité.

Aux Armées, 27 Septembre 1915.

A MA FIANCÉE,

Mes lettres te l'ont appris, depuis un mois, ma division
était à la disposition du grand quartier général ; nous avons
erré d'un village à l'autre de la Somme. Notre course est finie.

J'occupe en ce moment ma vieille tranchée de la cote 101.
Je ne l'aurais pas reconnue. Je l'ai retrouvée clayonnée, schlittée,
propre, telle une rue des mieux entretenues. Mais, comme autrefois, c'est un coin préféré des obus.

. . . .

Victoire..... On vient de me téléphoner que nous avons fait
25.000 prisonniers en Champagne, pris 140 canons.

Quelle émotion ! Quel espoir ! Est-ce la percée ? Mais pourquoi sommes-nous là ?

Les lettres ne partent plus.

28 Septembre.

La journée s'est passée dans une attente anxieuse. Nous pensions recevoir d'un moment à l'autre l'ordre de relève : quelques régiments de territoriaux à notre place... et nous... là-bas... Rien.

28 Septembre, 18 heures.

Par téléphone, on nous annonce une nouvelle capture de 25.000 prisonniers. Nous allons chanter la *Marseillaise* en première ligne.

28 Septembre, 20 heures.

Nous avons chanté victoire, nous avons crié notre joie. Les Boches semblent atterrés, pas un obus, pas une balle ; et pourtant quelques-uns de mes poilus se sont levés sur le parapet de la tranchée pour mieux faire entendre leurs cris de triomphe.

29 Septembre.

La deuxième dépêche était fausse. Par une erreur incompréhensible, le téléphone nous a transmis de nouveau le 29, la dépêche que nous connaissions depuis la vieille. Désillusions. Mais l'espoir reste. Cette victoire doit avoir des conséquences, nous ne tarderons pas à les connaître.

1er Octobre.

Depuis deux jours nous attendons en vain. Hélas ! ça n'est point encore la victoire décisive. Il va falloir reprendre notre vie de tranchées et regarder le ciel qui paraît plus sombre après cette éclaircie.

Les hommes acceptent philosophiquement leur déconvenue. Les voilà à leur outil ou à leur fusil résignés et résolus comme avant. Mon capitaine ne paraît pas émotionné. Pour moi, je suis affaissé, j'avais trop espéré. J'avais revu mon bonheur, il m'échappe encore. C'est bien un sacrifice sans retour qu'il me faut faire. Oh ! comment le supporter ? Le souvenir même de nos joies passées me fait mal.

Pourtant, je t'en demande pardon, je souffre moins de te voir t'éloigner de moi encore, que de voir la victoire de la France incomplète. C'est moins la durée de l'épreuve qui m'effraie que la pensée d'une défaite possible dans l'avenir. Mais non, de tels soldats nous vaudront le triomphe, la destinée le veut. Nous aurions été battus si nous avions dû l'être.

Confiance quand même.

Aux Armées 1er Novembre 1915.

A mon Frère, soldat au front.

J'ai été invité à assister à une cérémonie religieuse à l'occasion de la Fête des Morts.

J'y suis allé.

L'année dernière à pareille date, l'aumônier nous disait déjà une messe en plein air et je me souviens qu'il nous conviait à célébrer Noël dans la cathédrale de Cologne.

Un an a passé, et sous les mêmes sapins, le même aumônier, ce matin, est venu accomplir la même cérémonie. Sa parole encore a été une parole de réconfort, une parole d'espérance.

Il nous disait.

« En ce jour, mes amis, souvenez-vous. Souvenez-vous de
« ceux que vous avez connus, de ceux que vous avez aimés et
« qui sont tombés.

« Aux forts, ils offrent leur exemple ; aux découragés, ils
« disent : « notre sang aura-t-il coulé en vain ? »

« Souvenez-vous que la justice veut que l'œuvre soit ache-
« vée ; et demain sur le monde, que leur mort et que votre persé-
« vérance auront sauvé, vous ferez régner la divine maxime du
« Christ :

« Aimez-vous les uns les autres. »

Étrange et admirable cette morale de l'Évangile qui peut au même instant nous dicter un devoir de haine et de sacrifice et nous faire entrevoir l'idéal d'amour et de charité le plus sublime.

Quel homme, quel sage, aurait pu concilier semblables préceptes ?

Il me semble deviner une vérité nécessaire.

Aux Armées 6 Janvier 1916

A mon Frère.

Quelle semaine !

Jamais encore nous n'étions descendus des tranchées en si piteux état.

Nous occupions le secteur de la ferme d'Attiche.

De l'eau, de l'eau, de l'eau !

Nos tranchées, mal faites et trop profondes, s'effondraient partout. Notre travail incessant n'arrivait pas à préserver eulement nos abris. Pour parcourir les trois cents mètres de ligne que tenait ma compagnie, il n'était pas trop de deux heures la nuit.

Pour améliorer la situation, les Boches ont cru bon de nous faire « encaisser » un bombardement épouvantable, le 1ᵉʳ janvier encore... nos étrennes !

Toute la matinée, ils nous ont arrosés d'obus de 77 et de 105. Vers onze heures, accalmie. Nous prenons nos repas dans le P. C. du capitaine, quand tout à coup un éclatement formidable à côté de nous. Les assiettes voltigent de tous côtés, la table est renversée et je reçois sur la tête une casserole qui arrivait je ne sais d'où. Nous étions à peine remis de notre étonnement — Chaumet n'avait pas encore eu le temps de lancer sa plaisanterie — que, de nouveau, pareil éclatement. C'est le bombardement qui commence ; mais quels obus nous envoient-ils donc ?

Le capitaine nous fait quitter son P. C., aux deux autres lieutenants et à moi, car, dit-il, « il ne faut pas mettre tous ses œufs dans le même panier ». Nous partons, nous demandant quel coin nous offrira quelque sécurité.

« Dans la cave, avec la section de droite », nous souffle un agent de liaison.

Nous voilà, filant au pas de course : il y a cinquante-cinq secondes entre deux arrivées, mais nous n'avons que cinquante mètres de boyau à parcourir. Palluet, qui est en tête, perd son casque ; nous voilà arrêtés et nous entendons un coup de départ et déjà le sifflement de l'obus ; dans vingt secondes il sera sur nous. Ne pouvant passer sur le camarade qui tente de rattraper son casque, nous faisons demi-tour Chaumet et moi et nous nous précipitons, en riant comme des fous, dans un abri léger qui se trouve à proximité. Nous serons au moins à l'abri des éclats.

Pendant quarante-huit minutes, nous avons attendu, nous affaissant malgré nous quand nous sentions l'obus tout proche, nous relevant avec un « ouf » de soulagement après l'explosion. « Au suivant ! » Nous tenions nos montres à la main, guêtant le coup de départ qui nous annonçait l'obus vingt secondes avant son arrivée.

A 11 heures 54, un éclatement tout près, qui remplit notre abri de mottes de terre. Nous recommençons à compter les secondes : trente... trente-cinq... quarante ; pas de coup de départ... cinquante... soixante... c'est la fin de l'écrasement.

Nous sautons dehors. De tous côtés, les poilus commencent à mettre le nez aux portes des abris ; et bientôt c'est une anima-

tion extraordinaire : tout le monde veut constater les dégâts. Un
caporal passe près de moi ; il a encore la manille de pique et le
valet de cœur à la main.

— « Les salauds ! ils m'ont fait perdre dix sous ! » s'écrie-t-il
furieux.

Pas trop de mal ; seul, l'abri de la section de droite, la
cave, a été touché, trois hommes sont blessés, un seul grièvement. Nous nous attendions à pire.

C'est du 240 de marine qu'ils nous ont adressé.

À 15 heures 30, les voisins de la Carmoy reçoivent à leur
tour du nouvel échantillon.

Il nous a fallu travailler comme des enragés pour réparer
quelque peu les tranchées et boyaux en maints endroits démolis.

Nous voici au repos. Quelle détente !

On m'annonce la venue de mon deuxième galon.

Aux Armées, 20 Janvier 1916.

A MON FRÈRE,

Je viens d'occuper une semaine le secteur de Ribécourt.

Nous nous y sommes battus les 16 et 17 septembre 1914 et
je me suis plu à rechercher les traces de quelques-uns de mes
souvenirs les plus vivaces de la guerre.

J'ai retrouvé sur nos premières lignes un champ de betteraves où reposent deux de mes poilus.

Le 16 septembre, je reçus l'ordre de me porter avec ma
section à Dreslincourt, à la disposition du colonel du 16e régiment d'infanterie. Nous nous trouvions à Ribécourt et pour nous
rendre à notre nouvelle destination, il fallait choisir les rares
cheminements qui n'étaient pas battus par l'artillerie prussienne.
Je pus me défiler avec ma section jusqu'à ce champ de betteraves, mais là plus d'arbres ni de haies. Mes hommes en colonne
par un, derrière moi, nous nous mîmes à ramper à travers les
betteraves. Elles étaient, par bonheur, assez hautes. En arrivant
à l'extrémité du champ, il y avait un pré nu qu'il nous fallait
nécessairement traverser. Pour arriver à franchir en un bond
rapide cet espace découvert, je m'arrêtai pour attendre les
retardataires et avoir ma section bien groupée, prête à bondir.
Les derniers poilus de la colonne, les cuisiniers plus chargés
que les autres, suant, soufflant, se traînaient beaucoup trop
lentement au gré des autres qui sentaient le danger de notre
situation. Un de ceux qui attendaient depuis longtemps, arracha

une betterave et en plaisantant la lança sur la marmite d'un
cuisinier qui finissait par nous rejoindre. Le geste fut aperçu.
Une minute après, une rafale de 77 s'abattait sur nous. Il y eut
deux tués et trois blessés.

A Dreslincourt, quand la nuit fut tombée, je dus avec ma
section aller garder la sortie nord du village. Je devais m'établir
dans quelques tranchées, creusées la veille par le génie. Un
sapeur me fut donné pour guide. Il me conduisit quelques pas
à travers les jardins; mais soudain un 150 nous renverse tous
deux. Quand je fus relevé, je cherchai mon sapeur : il avait
disparu. Je revins au colonel pour avoir un autre guide ; mais
personne plus ne savait où étaient les tranchées. Je me rendis
alors à la dernière maison du village, à l'issue que je devais
garder. J'y trouvai une fermière avec ses enfants : deux bambins
et une jeune fille de quinze ans. Je lui demandai si elle possédait
des renseignements sur les Boches. Elle m'apprit qu'ils étaient
aux lisières des bois à quelques trois cents mètres de la maison ;
elle me conduisit à son jardin et me fit prêter l'oreille. Je perçus
distinctement les conversations des soldats allemands. Je devins
inquiet... s'ils allaient attaquer... Le temps pressait. Je priai la
femme de me dire où se trouvaient les tranchées que nos soldats
avaient dû creuser dans les environs. Elle l'ignorait.

— Mais, moi, je le sais, me dit sa jeune fille.

— Où sont-elles ?

— Je vais vous conduire.

Et cette enfant, sans hésitation, sans trouble, me guida
jusqu'aux tranchées, à soixante mètres de l'ennemi.

J'avais eu déjà pas mal d'émotions depuis un mois et demi;
mais je t'avoue qu'en avançant la nuit, dans le silence, à travers
les jardins et les vergers, seul avec cette jeune fille, vers l'ennemi
que je savais tout près et dont les patrouilles pouvaient bondir à
tout instant sur nous, je ressentis un petit frisson de terreur que
je n'avais pas connu encore.

Ma section installée, je dus, par ordre du colonel, avec
deux autres sections mises à ma disposition, garder toute la
lisière nord du village et m'établir, de ma personne, à la dernière maison. Je retrouvai mes connaissances. Elles préparaient
le repas du soir : du lait, des œufs, du fromage. Elles m'offrirent
de le partager. Mes cuisiniers, ayant touché leurs provisions,
vinrent à ce moment prier la fermière de leur permettre de
préparer leur repas à son foyer. Pendant une heure, ce ne fut,
dans cette grande cuisine, que marmites et gamelles renversées
à faire tenter une attaque aux Boches.

Nous prîmes un bon repas ; c'était le premier depuis deux jours.

Je dormis sur un matelas près de la porte et je rêvais d'une veillée de Noël.

Vers minuit, on m'amena un soldat, un réserviste arrivé en renfort depuis la veille, qui s'était trouvé mal.

Il était sentinelle au coin d'un jardin derrière une haie. Il ne devait pas faire grand bruit, car un boche put venir s'installer en observation en face de lui, de l'autre côté de la haie. Il n'y eut pas de coups échangés. Ils s'aperçurent en même temps et, précipitamment, ils s'en allèrent, chacun de leur côté, rendre compte sans doute de ce qu'ils avaient vu.

Ce fut la seule alerte de la nuit.

Aux Armées, 19 Mars 1916.

A mon Frère,

Nous étions à l'arrière, quand nous est parvenue la nouvelle de l'offensive boche sur Verdun.

Nous nous sommes embarqués le même jour à minuit, pour la bataille, nous nous en doutions.

De ma vie, je n'ai eu aussi froid que pendant le trajet en chemin de fer.

Quelques jours de repos encore. Puis, par petites étapes, nous nous approchons de Verdun. Mais ces marches compteront. Pour parcourir douze kilomètres, nous restons dix heures sac au dos. Les routes sont défoncées et encombrées à tel point qu'il faut avancer homme par homme entre deux rangées de voitures.

Le soir du mardi-gras, dernière étape, plus longue et plus pénible encore que les précédentes. Nous progressons par bonds de cent ou deux cents mètres, suivis d'attentes interminables, et il fait un froid atroce. L'artillerie, les caissons, les voitures n'avancent qu'à grand'peine sur la route glissante.

Vers une heure, nous traversons Dombasle déjà bombardé et bientôt nous apercevons des feux nombreux.

« Ce sont des casernes, sans doute, me dit mon capitaine, nous allons pouvoir nous reposer. »

Hélas ! ces feux n'étaient que des feux de bivouacs.

Nous nous arrêtons dans un petit bois. Les moins fatigués essaient d'allumer du feu, les autres se couchent au pied d'un arbre et s'endorment. Je suis de ces derniers.

Le jour paraît avec un pâle soleil. Nous essayons de préparer un café. Les corvées d'eau qui se rendent à un village voisin sont bombardées par les avions boches. Un de mes anciens soldats passé à une autre compagnie est tué.

Dans l'après-midi, nous repartons ; nous allons camper dans le bois Bouchet. Nous nous couchons sur la neige durcie, serrés les uns contre les autres et nous dormons.

Le lendemain, travail fébrile : nous construisons des abris. Je prends un outil et j'ai la joie, vers quinze heures, d'espérer pouvoir passer la nuit dans de meilleures conditions que les précédentes. Mais, non, il faut nous déplacer encore. Nous allons bivouaquer au bois Bourru.

J'ai devancé ma compagnie pour reconnaître l'emplacement qu'elle doit occuper. Un obus de 120, éclaté prématurément, a failli me blesser. Nous creusons des tranchées qui nous serviront d'abri, car nous commençons à être bombardés.

Le 9, mon capitaine est nommé adjudant-major, je prends le commandement de la compagnie.

Le 10 au soir, mes sections sont chargées d'aller creuser des tranchées en deuxième position. Nous laissons sacs et fusils — nous prendrons des grenades — et nous voilà partis dans la direction de Chattancourt. Nous traversons sans encombre un coin terriblement marmité : la ferme Claire. Avant d'arriver à notre chantier, nous recevons un nouvel ordre : mon bataillon doit contre-attaquer le bois des Corbeaux le 11 mars, à 6 heures. Demi-tour. Nous revenons chercher nos sacs et nos fusils. Nous avons deux heures de repos, j'essaye de dormir, mais je ne puis : il fait trop froid et j'ai une appréhension terrible : attaquer avec des hommes harassés qui n'ont presque rien mangé depuis trois jours.

Je suis heureux quand l'ordre de marche est donné. C'est l'action. En arrivant à Chattancourt, le colonel réunit les commandants de compagnie ; il nous donne ses dernières instructions et nous fait servir un café chaud. C'est un délice.

Nous ne savons pas bien où est le bois des Corbeaux. Notre colonel est avec nous : il nous guidera. Rapidement, nous prenons le dispositif d'attaque, mais déjà le barrage boche est déclanché. Mon ordonnance m'offre un demi-quart de « gnole » ; j'accepte et en avant. Nous entrons sous le barrage. Il est d'une densité effrayante, mais nous sommes lancés, il ne nous arrêtera pas. Un colonel dont le régiment s'est couvert de gloire la veille, en nous voyant, s'écrie :

« Quel malheur d'engager de si belles troupes dans des
« conditions pareilles. »

Nous avançons pendant dix minutes et toujours pas de bois
à l'horizon... Si... tout de même... ce n'est que le bois des
Caurettes. Enfin, nous trouvons une tranchée occupée par
quelques poilus. Elle est trop large, il faut la traverser sur une
passerelle, homme par homme. C'est la confusion dans le dispositif d'attaque.

J'arrive à la dernière crête : le bois des Corbeaux est à
cinquante mètres, mais je suis seul ; quelques paquets d'hommes
qui peuvent franchir la tranchée débouchent de ci, de là, ils sont
fauchés dès leur apparition par les mitrailleuses. Ma compagnie
était compagnie de soutien et pourtant je ne vois personne devant
moi. Les unités d'assaut ont obliqué à droite, leurs vagues sont
allées se briser sur le bois de Cumières. J'apprends bientôt la
mort des commandants de ces deux compagnies ; notre colonel
a été deux fois blessé ; mon paquet de pansement a servi à panser
sa première blessure.

Mon chef de bataillon me fait dire qu'il faut m'accrocher au
terrain.

Nous nous plaquons au fond des trous d'obus. La plupart
de mes hommes m'ont rejoint, un par un, en rampant.

La journée se passe à attendre la nuit qui nous permettra
de remettre un peu d'ordre dans les unités mélangées. Mais
quelle attente ! Nous avons à subir trois tirs de barrage et ceux
de nous qui se lèvent de leur trou ont, deux fois sur cinq, une
balle en pleine tête. Le chef d'escadron, adjoint au colonel, est
ainsi tué près de moi.

Seul, l'aumônier de la division se promène au milieu de
nous. Il a sa soutane percée d'une balle. Il est pâle, mais il ne
s'en va qu'après avoir pansé le dernier blessé et fait le signe de
croix sur le dernier mort.

Vers 18 heures, je reçois l'ordre de me replier. J'attends
qu'il fasse plus noir. Mais tout à coup une volée de 75 s'abat
autour de moi. Vite je fais descendre tous mes hommes à la
tranchée qui nous a arrêtés le matin.

A 23 heures, nous descendons à Chattancourt où nous trouvons nos cuisines roulantes : c'est la fortune.

Après une bonne soupe chaude, nous nous installons dans
un boyau un peu boueux, quelque peu marmité, mais qui nous
paraît un lieu de délices.

Leurs tirs de barrage et leurs mitrailleuses m'ont fait perdre
vingt-sept hommes.

Pendant trente-six heures nous occupons notre bienheureux boyau.

Le 13 au soir, nous montons relever les troupes de premières lignes. Ma compagnie est placée entre le Mort-Homme et le bois des Corbeaux. Les tranchées sont à peine ébauchées ; nous passons la nuit à les approfondir.

Avec le jour, les obus commencent à « rappliquer ». Rien de grave encore.

A 11 heures, le tir s'intensifie et bientôt c'est un déluge. Jusqu'à 16 heures 30, 77, 105, 150 et 210 retournent nos tranchées. Nos pertes sont énormes ; les blessés affluent ; il faut marcher sur les morts pour les transporter.

Et puis, c'est l'attaque attendue, désirée. Avec quel soulagement nous nous redressons « baïonnette au canon ».

Le front de mon bataillon reste intact. Mais à gauche, au Mort-Homme, l'ennemi a pris pied dans notre première ligne ; et bientôt notre artillerie, imparfaitement renseignée, dirige son tir sur nous.

Le moment est critique. Nous ne savons plus de quel côté nous garer. En vain, nous usons nos fusées pour demander l'allongement du tir de notre artillerie. Pendant une heure, artilleurs français et artilleurs boches s'acharnent sur nous.

Enfin, ils se lassent ; nous respirons. Seule une batterie de 75 plus enragée continue son tir sur nous. A notre demande, elle allonge bien, mais comme elle nous prend d'enfilade, ses projectiles plus longs vont tomber à notre droite, toujours sur des camarades. Nous n'osons insister. D'ailleurs, ces quelques obus sont si peu de chose après le bombardement que nous venons de subir !

Je visite mes sections. Quel spectacle ! Il reste soixante-douze hommes valides à ma compagnie.

Nous allons travailler la nuit à déblayer nos tranchées. Je donne l'ordre de couvrir les éléments les plus profonds avec quelques rondins arrivés jusqu'à nous je ne sais comment. Ce seront des abris au moins contre les éclats.

La fièvre du combat est tombée maintenant.

Des hommes passent transportant des blessés, des cadavres ou des rondins ; d'autres relèvent la tranchée ; quelques-uns, la pipe aux dents, le doigt sur la détente, entre deux morts, guettent le Boche, et de les voir si simplement héroïques, j'admire et je m'étonne.

Je t'avais connu, jeune Français, léger, insouciant, aimant tes aises et tes plaisirs, plein de rêves et d'illusions, et je te retrouve ce soir avec la foi dans ton regard et l'amour dans ton cœur.

Ah ! tu l'aimes, cette terre de France ; ton sacrifice en est la preuve, et tu sens bien qu'ils ne la souilleront pas plus loin, ta poitrine les arrêtera.

. . . .

La nuit est calme ; après une dernière visite à mes poilus, je m'asseois, harassé, dans la tranchée et bientôt je succombe à un besoin irrésistible de sommeil.

En m'éveillant, je constate que tous les rondins ont été employés à couvrir l'élément de tranchée où j'ai dormi.

J'ai le cœur gonflé.

Le 15, vers le soir, les Boches tentent de progresser à notre gauche : grenades et lance-flammes entrent en jeu. Ils sont arrêtés, mais leur attaque a révélé un vide de cinq cents mètres entre mon bataillon et le 9e régiment de tirailleurs plus à gauche.

Avec une trentaine d'hommes, je reçois la mission d'aller combler ce vide. Je place mes hommes dans les trous d'obus, très écartés les uns des autres, et j'arrive à rétablir la liaison entre les tirailleurs et nous.

Je reste jusqu'à minuit à l'entrée d'un abri encore debout. J'appris le lendemain, par la mort d'un zouave qui fut poignardé à ma place, que des Boches avaient dormi à l'autre entrée du même abri.

Le 16, répit.

Le 17, j'entends, entre deux rafales d'obus, une alouette chanter.

Le soir du 18 nous sommes relevés. Nous allons passer le reste de la nuit au bois Bourru où nous avons la joie de dormir sur des bottes de foin oubliées par les artilleurs.

A Jubescourt, nous trouvons notre nouveau colonel, et on nous donne connaissance de l'ordre du jour du général de Bazelaire, qui commande le groupement dont nous faisons partie :

« Sous un bombardement, dont l'intensité dépasse toute
« idée, après des jours et des nuits de combats sans trêve ni
« répit, les troupes de la   e division ont barré la route à l'ennemi.

« Soldats d'Afrique et soldats de France, défenseurs de
« Béthincourt, de Cumières, du Mort-Homme, l'âme haute comme
« l'âme de leur général, sont entrés dans la grande bataille de
« Verdun pour préparer la grande victoire. »

Je reviens de ces combats, le cœur saignant de tant de morts. Mais j'ai senti que tout un passé de vaillance et de gloire vibrait en nous et j'ai compris que notre terre de France valait bien de tels sacrifices.

Aux Armées, 8 Avril 1916.

A mon Frère,

Je suis cité à l'ordre de l'armée. Je garde le commandement de ma compagnie. Puissé-je mériter ce double honneur.

Nous sommes au repos pour l'instant, et fort bien, ma foi. Pas trop d'exercice; beaucoup de sympathie de la part des habitants.

Un des agréments de notre séjour ici est le braconnage. Il y a des lapins en quantité prodigieuse, et je sais bien peu d'escouades qui n'en fassent rôtir deux ou trois par jour. Personne ne s'en plaint.

J'ai reçu quatre-vingts hommes de renfort. Ce sont des « bleus » pour la plupart. Puissent-ils bientôt, au contact de mes vieux braves, acquérir le bel esprit d'endurance et de discipline qui caractérise les poilus !

Hier, l'aumônier nous a conviés à un service religieux célébré à la mémoire de nos camarades morts à Verdun.

Pendant le sermon, j'ai vu les poilus, ces hommes au visage énergique, aux vêtements encore verts d'explosifs, encore tachés de sang, j'ai vu ces hommes pleurer.

Il n'est pas éloquent, notre aumônier, mais c'est le cœur qui parle chez lui.

« Ils sont morts, nos camarades; ils sont tombés. Mais notre foi nous les montre maintenant dans le repos, dans la gloire. »

. . . .

O mes chers disparus !
Oui, croire.
Croire, parce que notre amour le veut.
Croire, parce que c'est une force.
Croire, parce que, devant la mort, c'est un besoin.

Aux Armées, 30 Avril 1916.

A mon Frère,

Il est 22 heures. Je viens de faire une longue promenade dans nos tranchées.

Comme il fait bon ! On sent son âme s'épanouir dans la

douceur des choses. Les oiseaux sont revenus dans les restes des bois, et le ciel est plein d'étoiles. Nos abris en sape paraissent plus lourds que d'habitude.

De temps en temps, quelques rafales de mitrailleuses, quelques coups de canon... pour ne pas trop oublier. C'est la guerre toujours. Mais je hais davantage le Boche d'avoir gâté la joie de ces premiers jours de printemps par une attaque sur ma compagnie.

Dans le village de Vingré j'ai trouvé des tombes de quelques-uns de mes amis tombés, il y a dix-huit mois déjà, et celle d'une famille française : le fermier Amaury et sa femme, fusillés par les Allemands, et leur petit enfant.

Un poilu qni s'est battu à Vingré en 1914 et qui a vu un témoin du crime, m'a raconté ceci :

C'était vers la mi-septembre 1914. Les Boches avaient fui de la Marne. Leur résistance s'affirma de nouveau sur les rives de l'Aisne. Il y eut de durs combats.

Un soir que les Français avaient réussi à franchir la rivière, quelques-unes de leurs patrouilles vinrent jusqu'à Vingré que l'ennemi tenait sous le feu de ses fusils. Nos patrouilles ne s'arrêtèrent pas ; elles rejoignirent le gros des avant-gardes campées dans le voisinage des carrières de Chapeaumont.

Les Boches ayant eu connaissance du passage de nos éclaireurs à Vingré envoyèrent une forte reconnaissance dans ce village pour obtenir des renseignements.

Le fermier Amaury fut arrêté.

— Tu vas nous répondre, et vite, lui dit un officier prussien. Où sont les Français ?

— Je l'ignore, répond Amaury.

— Pourtant, ils sont venus ici ; ils ont dû te parler ?

— Je les ai vus, je ne leur ai point parlé.

— Ils sont entrés chez toi.

— ...

— Veux-tu répondre ?

— Je n'ai rien à vous dire.

La femme du fermier fut amenée. Elle tenait son bébé dans ses bras. L'officier, s'avançant vers elle, lui dit :

— Ton mari ne sait rien, mais toi tu peux nous dire où sont les Français ?

— Mais les Français sont partis depuis longtemps !...

— Tais-toi, reprend l'officier ; ils étaient ici hier, tu les as vus, tu leur as parlé. Allons, réponds.

— ...

— Si tu ne réponds pas, je fais fusiller ton mari.

La femme pâlit. Elle serre plus fort son enfant dans ses bras. Elle regarde son homme : ils se sont compris.

— Je ne sais pas où sont les Français.

— C'est bien, réplique l'officier.

Et se tournant vers Amaury :

— Une dernière fois, lui dit-il, veux-tu répondre ?

— Je ne sais rien.

— Eh bien, ta femme va mourir.

La fermière est plaquée contre un mur. En face d'elle, le peloton s'aligne.

— Et maintenant, parlerez-vous ?

— Bandit ! s'écrie l'héroïque femme.

Le fermier se tait.

— Mourez donc, chiens de Français ! s'écrie furieux l'officier teuton.

Amaury fut conduit près de sa femme. Ils se partagèrent les balles des assassins.

Leurs corps furent jetés dans la cave et un soldat plaça sur eux le bébé de quelques mois. Il y mourut de faim.

Les habitants furent chassés du village.

Quand les Français vinrent à Vingré, ils trouvèrent les trois cadavres sous les décombres de la ferme incendiée.

Aux Armées, 10 Novembre 1916.

A mon Frère,

Nous avons relevé le 1er zouave après attaque. Depuis trois jours, nous travaillons à déblayer le terrain conquis ; ça n'est pas chose facile : les Boches nous ont laissé des abris ignobles qu'il nous a pourtant fallu fouiller.

Un blessé du 1er zouave avait signalé à l'ambulance que deux de ses camarades, gravement touchés à la fin de l'attaque, s'étaient réfugiés dans une entrée de sape démolie, à proximité de la première ligne, dans le secteur tenu par mon bataillon. Le renseignement était un peu vague et nos recherches ont été vaines.

Il existe par bonheur au bataillon un caporal brancardier extraordinaire. Pendant trois jours, il a erré à travers les décombres et les troncs d'arbres, à cent cinquante mètres des Boches, pour découvrir ces blessés. Il a réussi. Les malheureux étaient, mourant de soif, au fond d'une « descenderie » dont l'ouverture avait été écrasée par un obus.

Comme je félicitai le caporal sauveteur, il m'a répondu :

« La satisfaction que j'éprouve maintenant vaut bien toutes « les fatigues que j'ai endurées. »

Il ne parle pas du danger ; je crois que le danger n'existe pas pour lui. Au milieu des bombardements les plus épouvantables, il est bien rare de ne pas le trouver, le chapelet aux doigts, dans quelque coin de tranchée où il pourrait bien avoir une absolution à donner.

Il est « verni », disent les poilus. Il est surprenant de fait qu'il n'ait pas été tué depuis longtemps déjà. Tout le monde l'aime et l'admire. J'entends dire :

« C'est parce qu'il a la foi. »

Eh bien, si c'est la foi religieuse qui lui inspire un pareil dévouement, je trouve merveilleuse l'action de cette foi.

J'ai constaté d'ailleurs que tous les curés qui étaient avec nous étaient des hommes remarquables au combat ; j'ai toujours entendu dire d'eux les plus grands éloges par les poilus.

Je ne sais quel auteur, qui voudrait avoir vu, met dans la bouche d'un soldat cette interrogation narquoise :

« En as-tu vu, toi, des curés dans les tranchées ? »

Il faut être syphilitique ou tuberculeux pour être à ce point canaille ou méchant.

Il est une chose qui m'a toujours indigné, c'est la mauvaise foi. Or, ils sont de mauvaise foi ceux qui dénigrent les curés aux armées et ceux-là qui, grossièrement, s'en vont dire au bon peuple : « Ce sont les curés qui ont voulu la guerre ».

« Mentez, mentez, il en reste toujours quelque chose. » Mais il en reste de moins en moins des mensonges et des rumeurs infâmantes qu'on fait courir sur l'Eglise, en France.

Marseille, 25 Novembre 1916.

A un Camarade de lycée,

Tu te plains que je te parle trop rarement de nos combats. Sois satisfait.

Je t'envoie l'historique de ma compagnie pendant notre séjour dans la Somme. C'est l'œuvre de mon sergent-major qui a eu l'amabilité de m'adresser un exemplaire de ce petit travail.

*Historique de la 11e compagnie du e régiment d'infanterie
du 25 octobre au 13 novembre 1916*

« Le 25 octobre, la compagnie installée dans les abris de la station, à Harbonnières, reçoit l'ordre d'aller relever en première ligne les 41e et 43e compagnies du 1er zouave. Reconnaissance préalable du commandant de compagnie et de un sergent par section.

« La compagnie est amenée aux tranchées par le lieutenant Chaumet. Relève excessivement pénible par suite du mauvais état des boyaux, d'un changement d'itinéraire dont la compagnie n'a pas été avertie et du tir de l'artillerie ennemie. Un 150 tombe au milieu de la 2e section et blesse cinq hommes dont deux grièvement. Toutes les sections peuvent néanmoins gagner leurs emplacements : boyau d'Amberg et poste de la Barricade, tranchée du Sac et tranchée Sofa.

« Cependant le tir continuel de l'ennemi sur la tranchée du Sac fait subir des pertes douloureuses à la compagnie. Le lieutenant Chaumet est tué, deux hommes également, cinq autres sont blessés.

« Le 26 octobre, les hommes travaillent à se creuser des niches.

« Dans la nuit du 26 au 27, la compagnie resserre son front et prend un dispositif d'attaque. Relève intérieure dans la compagnie.

« Les 27 et 28 octobre, préparation de l'attaque : étude du terrain, rédaction de l'ordre d'attaque. La compagnie a comme objectif la partie nord du bois de Kratz ; 2e et 4e sections en première vague, 1re et 3e en soutien.

« Le 29 octobre, la compagnie s'attend à recevoir l'ordre d'attaquer et se prépare.

« A 16 heures 30, l'ennemi déclanche un violent tir d'artillerie sur le boyau d'Amberg et la tranchée du Sac. Tir de barrage ou tir de préparation ? Nous ne savons. Le tir d'une mitrailleuse du régiment voisin fait croire un instant à une tentative boche. En tout cas, la compagnie est prête à recevoir l'attaque ennemie, les hommes sont à leur poste calmes et résolus.

« A 23 heures, une patrouille de la 4e section va reconnaître l'état du réseau boche en avant de nous : les brèches sont suffisantes.

« La pluie qui dure depuis la veille commence à nous causer des dégâts.

« Le 30 octobre, la pluie continue. Les boyaux et les tranchées se remplissent de boue liquide. L'état moral des hommes reste excellent, mais la fatigue commence à se faire sentir.

« Le 31 octobre, la pluie toujours ; les trous individuels s'effondrent ; la circulation devient presque impossible.

« Le tir ennemi s'est déplacé ; la tranchée du Saucisson occupée par le régiment voisin reçoit maintenant les marmites réservées jusque-là à la tranchée du Sac.

« Le 1er novembre, tir intermittent de l'ennemi. La compagnie travaille à se défendre de l'eau qui a fait des dégâts énormes : les vivres, les munitions distribuées pour l'attaque, ont disparu dans la boue.

« Le 2 novembre, la compagnie apprend qu'elle sera relevée la nuit prochaine. La journée est employée à tout remettre en ordre et notamment à constituer des dépôts des vivres et des munitions qui ont été déterrés.

« Dans la nuit du 2 au 3, la compagnie est relevée par la 41e compagnie du 1er zouave.

« Le 3 novembre, la compagnie s'en va dans la matinée camper au bois de Decauville.

« Nous sommes recouverts de boue, des pieds à la tête. Les hommes restent pleins d'entrain et de bonne humeur.

« Les 4, 5 et 6 novembre, repos au bois de Decauville.

« Le 7, au matin, la compagnie se rend aux abris de la Station, à Harbonnière. A 15 heures, elle reçoit l'ordre d'aller occuper une tranchée de soutien : la tranchée Guillaume, après s'être approvisionnée en grenades et en cartouches.

« Le 8 novembre, ordre nous est donné d'aller relever, au bois de Kratz, la 42e compagnie du 1er zouave et les éléments des 14e et 41e compagnies du même régiment. Reconnaissance préalable des emplacements à occuper, par le commandant de compagnie et par quatre sergents. Les boyaux sont impraticables, force est de passer en terrain découvert ; l'ennemi déclanche un tir de barrage. La reconnaissance, néanmoins, est faite à temps.

« A 22 heures, la compagnie, après avoir traversé deux tirs de barrage qui, par une chance inouïe, ne lui ont fait subir aucune perte, arrive au bois Kratz et relève les zouaves installés dans les trous d'obus.

« Par ordre du commandant de compagnie, la première ligne est poussée en avant et sortie de la zone des abris connus des Boches. Cette précaution devait permettre à la compagnie de subir le tir de l'artillerie ennemie et notamment le tir de préparation du 11, trop long de cinquante mètres, sans presque subir de pertes.

« A 23 heures, une reconnaissance ennemie est repoussée à la grenade.

Avec quelques outils de parc que les hommes ont pu trouver et surtout avec les petits outils portatifs, la compagnie arrive à se creuser une tranchée à peu près continue, profonde de 1 m. 20, et protégée par quelques fils de fer et des troncs d'arbres.

« Le ravitaillement est impossible.

« Le 9 novembre, pas d'eau, pas de vivres. Nous consommons quelques biscuits trouvés sur les morts, du pain boche et de l'eau verdâtre recueillie dans les trous d'obus.

« Tir intermittent de l'ennemi.

« Dans la nuit du 9 au 10, la compagnie continue à organiser la position : cinquante mètres de réseau Brun sont placés ; un boyau reliant la première ligne au P. C. du bataillon est amorcé ; une tranchée de soutien est creusée sur un front de quarante mètres. Les Boches exécutent un tir d' « embêtement » sur la position.

« Le 10 novembre, à 5 heures 30, l'ennemi tente une contre-attaque par surprise. La première vague a réussi en rampant à s'approcher à une vingtaine de mètres de la tranchée de première ligne. Un feu nourri et précis de grenades et de mousqueterie brise net l'élan de l'ennemi qui s'enfuit en désordre. La compagnie fait un prisonnier. Une patrouille qui ne peut être poussée loin en raison du manque de munitions, constate la disparition des assaillants et découvre des cadavres.

« Le tir de barrage demandé n'a pas été obtenu.

« Le reste de la journée n'est marqué que par un bombardement assez violent.

« Dans la nuit du 10 au 11, la compagnie arrive à se couvrir entièrement par un réseau Brun.

« Le 11 novembre, bombardement de la position occupée par la compagnie. A partir de 11 heures, le bombardement devient très violent et fait prévoir une attaque imminente. Il se poursuit avec la même intensité jusqu'à 15 heures 30. A partir de ce moment, la violence du tir s'accroît encore et ne laisse plus aucun doute : l'ennemi s'apprête à sortir de ses tranchées.

Les hommes sont merveilleux de calme et de résolution : le tir de l'artillerie ennemie, trop long, ne leur a fait d'ailleurs subir que des pertes légères. Ils attendent le Boche.

« A 16 heures 15, la première vague d'assaut sort de la tranchée adverse. Elle n'a pas fait trente mètres, qu'un feu bien ajusté la disperse, et bientôt, grâce aux V. B. qui les forcent à quitter les trous d'obus où ils se sont réfugiés, les Boches regagnent en désordre leurs tranchées sous le feu de nos fusils et le tir de barrage de notre artillerie.

« Dans la nuit du 11 au 12, nombreuses patrouilles ennemies ; aucune n'arrive à notre contact.

« La compagnie continue à travailler. Le boyau reliant la première ligne au P. C. du bataillon, bouleversé par le bombardement, est déblayé. Un boyau reliant la section de gauche de la compagnie au boyau central est terminé. La tranchée de soutien complètement retournée est remise en état.

« Le 12 novembre, bombardement peu nourri, mais continu, par obus de 150 et de 210.

« A 20 heures, la compagnie est relevée par la 19e compagnie du 338e régiment d'infanterie et s'en va aux abris d'Harbonnières. »

Tu sais que j'ai été blessé le 13 novembre en quittant le bois Kratz. Un bête éclat est venu se loger dans mon épaule.

Rien de grave et j'espère pouvoir sans trop tarder rejoindre mes poilus.

Marseille, le 10 Février 1917.

A UN CAMARADE DE COMBAT,

Te souviens-tu de nos aimables discussions dans notre caverne de Vingré ? Je me rends. Depuis deux ans, je cherchais une explication à la vie, une réponse à mes doutes. Tu m'avais fait entrevoir la Vérité ; je l'ai trouvée. Ecoute.

Un soir de la semaine dernière, j'avais erré de longues heures à travers la ville. On n'aurait pas dit la guerre ici. On n'entendait que conversations animées et rires bruyants. Les cafés étaient pleins ; théâtres et cinémas regorgeaient de monde.

Par contraste sans doute, j'ai pensé à vous, pauvres poilus du front, qui, au même instant, enduriez les fatigues, le froid, la faim, mille privations. Devant le spectacle de tant d'inégalité, de tant d'injustice, je me suis sauvé.

J'ai rejoint ma chambre d'hôpital, et j'ai senti que votre austère devoir, ô poilus, je le préférais maintenant aux plaisirs devinés tout à l'heure.

Je n'aurais pas eu cette sensation il y a deux ans. Quel changement s'était donc opéré en moi ? Me voici en face du problème devant lequel, vingt fois déjà depuis quelque temps, mes réflexions m'ont amené.

Je crois bien qu'à la vue de tant de dévouement, de tant de sacrifices noblement acceptés au front, j'ai vu disparaître de mon cœur le grain de matérialisme qui bornait mes soucis aux choses de ce monde. Comme à je ne sais plus qui, « la supposition que « le bien et le mal accomplis par l'homme n'auraient de consé- « quences qu'en ce monde, m'a paru absurde ». Voilà le nouvel attrait du devoir.

Instinctivement presque, j'ai été amené à croire à la vie future, au châtiment, à la récompense dans l'autre monde. Le souvenir de ce Jésus dont la doctrine avait su inspirer sous mes yeux des actes de vertu sublime, à Verdun, dans la Somme, partout, m'est revenu.

Sincèrement, tu le sais, j'avais déjà reconnu l'influence énorme et bienfaisante de son enseignement à travers les siècles. Pourquoi, me suis-je dit, n'essaierai-je pas de trouver dans sa parole la réponse à mes doutes, l'explication de ce que je ne comprends pas ?

J'ai pris l'Evangile ; je l'ai lu ; je l'ai médité.

Dans ce livre, j'ai trouvé un homme humble, bon, doux, miséricordieux.

J'ai aimé cet homme.

J'ai trouvé un maître flétrissant l'hypocrisie, dédaignant la gloire et les puissances de ce monde, et acceptant une mort ignominieuse pour ouvrir un ciel à ses disciples.

J'ai admiré ce maître.

J'ai trouvé un Dieu commandant à la mer et aux flots, un Dieu réglant et modifiant les lois de la nature, un Dieu pardon- nant aux pécheurs.

J'ai adoré ce Dieu.

Je me donne à lui.

Il a dit :

« Aimez-vous les uns les autres. Aime ton prochain comme « toi-même. »

Et sa loi soulage les misères, apaise les conflits.

Il a dit :

« Heureux ceux qui souffrent, car ils seront consolés. »

Et sa loi rend l'espérance et donne la force d'accepter la vie.

Il a dit :

« Tu seras jugé selon tes œuvres. »

Et sa loi inspire les vertus, fait les saints et les martyrs.

Au contact de cette doctrine si pure, j'ai pris le dégoût de ma vie passée, le dégoût de moi-même. Ce sentiment s'est trans-

orme en repentir ; j'ai senti le besoin d'un pardon. Demain j'irai
le demander à un ministre de ce Dieu.

Après, je vous rejoindrai.

Marseille, 22 Février 1917.

A MA FIANCÉE,

Oui, mon bonheur est grand de t'avoir retrouvée, et d'espérer
te revoir encore, au moins une fois.

Je pourrais, pour être plus longtemps avec toi, demander
une convalescence. Je ne le ferai pas. Il y a plus de trois mois
que je suis à l'arrière... j'ai déjà trop tardé.

Car, vois-tu, mon devoir est là-bas. Pardonne à mon amour,
et comprends-moi.

Bien-aimée, le soir, quand la nuit est venue, que les bruits
de la vie s'apaisent et qu'un vent plus doux invite au recueil-
lement, à la prière, j'entends en mon âme une voix, et cette voix
me dit :

« A cette heure, des êtres, tes semblables, tes frères luttent
« et meurent. Entends le cri des blessés, le râle des agonisants.
« Ils souffrent, ils meurent, pour défendre une terre, une patrie
« à la défense de laquelle tu étais appelé.

« Bien heureux sont-ils. Car, heureux ceux qui se donnent à
« un idéal, à une grande cause.

« Heureux ceux qui ont soif de sacrifice et sont dignes d'être
« des victimes.

« Heureux ceux qui meurent pour la France. »

Ainsi me parle cette voix, et je sens dans mon âme un regret,
presque un remords.

Qu'importe en effet la satisfaction du moment. L'éternelle
justice veut que ceux qui souffrent trouvent compensation à leur
souffrance. Elle veut aussi que ceux qui abusent du bonheur
présent soient châtiés ; et j'ai peur d'être de ces derniers, de ceux
qui trouvent ici-bas leur récompense ; j'ai peur du bonheur
présent ; j'ai peur de t'aimer.

L'étoile qui brille là-haut et me parle d'amour, en ce moment
sert de guide à d'autres qui vont, s'orientant vers l'ennemi,
trouver la mort ; elle me dit qu'il y a des martyrs de la Patrie et
que je n'en suis pas !...

Bien-aimée !

Aux Armées, 31 Mars 1917.

A mon Frère,

Depuis mon retour, je te l'avais dit, nous préparions l'attaque. On nous avait dit :

« La bataille qui va s'engager sera dure, longue peut-être, « mais nous la voulons décisive. »

Nous travaillions avec une froide énergie, avec confiance.

Vers le 15 mars, un bruit nous arrive : les Boches prépareraient leur repli. Nous demeurons sceptiques ; mais bientôt certains indices attirent notre attention : de fréquentes explosions sont signalées la nuit dans les lignes adverses ; quelques incendies. Le bulletin de renseignements de l'armée m'apprend que l'ennemi, d'après le témoignage de nos aviateurs, a fait sauter les ponts sur l'Oise.

Diable... est-ce que vraiment ils s'en iraient, les Boches !

Au point où en sont nos préparatifs d'attaque, nous nous demandons si nous devons nous attrister ou nous réjouir.

Nous avons peu de temps d'ailleurs pour réfléchir. Les coups de main se multiplient et les prisonniers boches nous annoncent qu'effectivement l'ennemi ne veut pas attendre notre attaque.

Pourtant l'aspect des tranchées en face reste le même : mêmes fusées, même tir de mitrailleuses, même bombardement que d'habitude. Mais une dernière reconnaissance trouve les tranchées boches vides.

A leur poursuite.

Avec quelle émotion nous franchissons nos réseaux, nous demandant toujours si nous ne rêvons pas. Mais non, Lassigny est occupé, et ma compagnie va s'installer en grand'garde entre ce village et Plessis-Cacheleux.

Pourtant il reste du boche ; il y a eu quelques coups de fusil la nuit. Peut-être nous attendent-ils sur leur deuxième position ?

Non, nous ne trouvons à Plessis-Cacheleux qu'une faible garnison qui est aux trois quarts tuée ou faite prisonnière.

C'est vraiment la fuite de l'ennemi. Déjà, nous formons des rêves insensés. Nous avons cependant entendu parler d'une position Hindenburg ; mais maintenant que nous sommes partis, il nous semble que rien plus ne nous arrêtera.

Nous traversons Lagny dont les habitants sortent des caves,

étonnés d'abord, puis fondant en larmes. Ce sont nos premiers délivrés.

L'avance continue. Nous traversons de nouveaux villages; partout, même accueil des habitants. Oh! qu'ils ont dû souffrir ces malheureux! Leur cœur déborde. Ils n'abondent pas à raconter, à nous dire moins leurs souffrances que leur haine du Boche, haine qui s'inspire de mille faits dont le récit est à peine croyable.

Quels barbares sont donc ces soldats du kaiser!

Toujours en avant. L'ennemi a disparu ; mais bientôt nous trouvons des villages en ruines, certains flambent encore.

Tout de même, je comprends qu'ils coupent les routes, qu'ils fassent sauter les ponts et brûlent les vivres, mais qu'ils incendient des villages entiers! Oh les bandits!

Nous avons la rage au cœur. Nous ne tarderons pas à voir pire cependant.

Des reconnaissances de cavalerie nous annoncent que les Boches nous attendent derrière le canal Crozat. Quelques coups de canon nous confirment la nouvelle. Le commandement n'a d'ailleurs pas l'air de vouloir brusquer les choses. Prudemment, nous avançons en prenant un dispositif d'attaque.

Au débouché des bois, à l'ouest de Faillouel, c'est un terrain nouveau qui nous apparaît. A perte de vue, les arbres et les haies ont été rasés, des tas de pierres et de décombres nous révèlent l'emplacement de Faillouel et de Frière-Faillouel. Ils ont même démoli les murs! Il ne reste que l'église qui leur sert de point de repère.

Je sais bien peu de nos hommes qui eussent consenti à faire des prisonniers à ce moment-là.

Les vandales!

Il faut pourtant remettre le châtiment à plus tard. Ils sont terrés. Nous avons pu prendre Liez, le fort de Liez, mais nous sommes arrêtés devant des fils de fer barbelés.

La position Hindenburg n'est pas un mythe.

Les voilà installés derrière des réseaux de douze mètres d'épaisseur, dans des tranchées creusées et aménagées de longue date, avec toute facilité, pendant que, péniblement, nous creusons des trous pour nous mettre à l'abri des projectiles et de la neige.

N'importe, nous retournons au repos avec, au cœur, un espoir nouveau et une haine accrue.

Nous venons de remporter une grande victoire.

Aux Armées, 2 Avril 1917.

A MON FRÈRE,

Nous avons vécu quelques jours sans nouvelles du monde. En arrivant à Guiscard, nous avons eu les premiers journaux, et nous avons appris la révolution en Russie.

C'est le grand événement qu'on commente, mais qu'on ne juge pas. Qu'est cette révolution? Que va-t-il en résulter?

A en croire nos ministres et députés socialistes qui ont toutes raisons d'être renseignés, il faudrait l'acclamer : elle serait le triomphe de la cause des Alliés.

Il est bien possible que ce soit un mouvement national, un éveil de la Russie aux idées démocratiques — il y avait tant à réformer dans ce grand empire — mais je n'ose encore me laisser aller à l'optimisme exalté de nos socialistes.

Je sais bien que depuis quelques dizaines d'années le peuple russe avait eu connaissance des abus de son pays et que depuis lors il en souffrait ; je sais bien que la littérature russe nous avait averti des misères de ce peuple et de ses aspirations au socialisme avancé. Mais en lisant Tolstoï, Dostaïewsky ou Tourguenief, je n'ai jamais pu m'empêcher de songer à ce mot de Jules Lemaître :

« Un écrivain célèbre qui souffre de la grande misère « humaine, en souffre surtout par procuration ; songez-y. Dès « lors, je crains un peu la rhétorique. »

La Révolution russe peut être la renaissance d'un peuple ; elle peut en être aussi la fin.

On murmure qu'elle est notre œuvre. Elle répond si bien à notre zèle propagateur d'idées que le bruit est vraisemblable. Mais je crains alors que nous soyons dupes.

Il faut être la France pour supporter 1792 et battre le monde.

J'ai peur qu'elle ne soit, cette Révolution, l'espoir de l'Allemagne si elle n'en est pas le fait.

Un avenir prochain nous le dira.

En attendant, il vaut mieux s'en rapporter à Albert Thomas qui sait, qui voit et qui applaudit à cette Révolution.

Aux Armées, 10 Avril 1917.

A MON FRÈRE,

Je suis allé hier visiter, près de Beuvraignes, le champ de combat des Loges.

Les tombes où les Boches reposent par dizaines, les squelettes qu'on rencontre nombreux encore, m'ont confirmé l'importance de l'échec que nous avions fait subir à l'ennemi le 7 octobre 1914. Cette journée a été certainement la plus glorieuse de toute la guerre pour mes poilus.

Le 6 octobre, ma section fut détachée de ma compagnie et mise à la disposition d'un capitaine dont l'unité avait été fortement éprouvée. Je fus chargé de défendre une tranchée avancée qui fut dans la suite baptisée « Tranchée du 7 octobre ».

Les Boches avaient à deux reprises déjà tenté de s'emparer du village des Loges ; ils avaient été repoussés, mais chaque fois ils avaient pu occuper et nettoyer cette tranchée trop avancée et complètement découverte. Aussi, je reçus la consigne de me porter, en cas d'attaque et après avoir alerté les camarades au moyen d'un feu par salve, cinquante mètres en arrière à hauteur de la ligne de défense.

Il y avait en avant de ma tranchée deux énormes meules de paille qui gênaient nos vues et permettaient à l'ennemi de se masser tout près de nous sans être inquiété. Je voulus les faire disparaître ; le colonel m'autorisa à y mettre le feu. Je décidai que l'opération aurait lieu le lendemain matin à l'aube. Quand la nuit fut venue, j'envoyai des patrouilleurs reconnaître les abords des meules où nous avions cru entendre des bruits suspects ; ils revinrent bientôt m'annoncer que des Boches, blessés des dernières attaques, gisaient en grand nombre dans la paille. C'était ennuyeux. Je ne pouvais tout de même pas faire griller ces malheureux et, d'autre part, il ne fallait pas compter sur les brancardiers pour les transporter. Mes poilus firent la besogne. Ce ne fut pas chose facile.

Les blessés refusaient absolument de se laisser emporter. J'avais par bonheur avec moi un Alsacien, déserteur de chez eux, qui réussit à les persuader que nous ne voulions leur faire aucun mal ; il ajouta que nous allions mettre le feu à la paille. Ils se décidèrent, pas tous cependant : nous en vîmes quelques-uns horriblement blessés se mettre à l'écart et nous repousser. Nous les laissâmes, nous en avions déjà trop à transporter.

Vers trois heures du matin, une corvée nous apporta nos vivres. Nous les partageâmes avec les blessés qui, je crois bien, eurent plus que leur part. Ce fut méritoire, car nous jeûnions depuis deux jours. Ces pauvres diables, en recevant nos vivres, se traînaient à nos pieds, nous baisant les mains, les genoux. Cette platitude nous déplaisait un peu. Enfin, nous les plaçâmes dans les maisons voisines et j'ordonnai à tous mes hommes de rejoindre leur emplacement de combat.

Il était 5 heures. J'envoyai un caporal mettre le feu aux meules de paille.

Ce fut un beau feu, toute la plaine était éclairée. Mais tout à coup les artilleurs boches se réveillent et se fâchent. Notre tranchée est balayée par une batterie de 105. Nous nous applatissons au fond de nos trous ; mais entre deux rafales, je me relève, je regarde : sûrement, c'est un assaut qu'ils préparent. Soudain, à la lueur de l'incendie, j'aperçois qui se dressent et s'avancent sur nous une ligne de tirailleurs et, derrière, des colonnes d'assaut.

« Debout, les gas, les voilà !... Feu par salve... joue... tirez bas... feu. Joue... feu. »

Ils ne sont plus qu'à vingt mètres ; en hâte, nous gagnons notre emplacement en arrière reconnu et préparé. C'est alors le beau combat d'infanterie. Quelques feux par salve encore et les colonnes boches s'égrènent, se disloquent, se terrent. Certains groupes tentent de progresser ; je commande alors un feu à volonté sur les objectifs visibles. Pendant une demi-heure, nous nous fusillons à vingt ou trente mètres. Mes pertes sont douloureuses, mais que doivent être les leurs ?

En avant de nous, tout va bien. Un peu à droite, je sais qu'une de nos tranchées a été abandonnée et j'aperçois bientôt un petit boqueteau qui fourmille d'ennemis. Deux salves dans ce bois et, de tous côtés, ils sortent, levant les bras et criant : « Kamarades ! »

Il s'agit maintenant de nettoyer le terrain à proximité. Les Boches par petits paquets se rendent ; d'autres à toute vitesse regagnent la rue de l'Abbaye et Crapeaumesnil. Nous les regardons fuir... nous n'avons plus de cartouches. Peut-être nos obus qui sont tombés dans le vide jusqu'à maintenant en toucheront-ils quelques-uns.

Chaque trou, chaque repli est visité. Le nombre des prisonniers s'accroît. Un caporal avec trois hommes s'en va reconnaître la tranchée abandonnée. Il la trouve pleine de Poméraniens qui n'ont pas l'air de vouloir faire « kamarades ». Un poilu de la

patrouille saute dans la tranchée, baïonnette au canon, et se
précipite sur le Boche le plus près. Cela suffit... tous les bras se
lèvent et mes patrouilleurs, fièrement, m'amènent toute la section
ennemie et son chef.

Un caporal qui commandait un poste de liaison revient
blessé ; il a tout un côté criblé de petits éclats d'obus, il me
remet sept prisonniers.

Toute la matinée, nous cueillons les ennemis égarés dans
nos lignes.

J'avais quarante-cinq hommes à ma section la veille, il m'en
reste quatorze, mais en moins de vingt-quatre heures nous avons
ramassé cent soixante-douze prisonniers ; et deux jours plus tard,
une patrouille de la section du 121e R. I. qui vient me relever décou-
vrira, sous un tas de cadavres, un drapeau du 49e poméranien.

Aux Armées, 17 Avril 1917.

A MON FRÈRE,

Le 14, ma division a attaqué Saint-Quentin. Mon bataillon
devait nettoyer les lisières ouest et nord-ouest de la ville. Il n'a
rien fait : les vagues d'assaut qui nous précédaient ont été brisées
et décimées sur les réseaux boches.

Cette attaque, nous a-t-on dit aujourd'hui, n'était qu'une
diversion ; la canonnade qui roule formidable à notre droite nous
le fait croire. Mais c'est une mission ingrate que celle qui nous
a échu.

Pendant deux jours, ma compagnie a été en liaison intime
avec les Anglais. Ce sont de rudes soldats, les tommies ; nos
hommes les admirent ; mais ils méprisent trop le danger. En les
voyant, je pensais à nos héroïques folies du début de la guerre.

J'ai eu pendant ces deux jours un tué et trois blessés ; mon
camarade anglais, dans la même situation, avec le même effectif,
a eu une trentaine d'hommes hors de combat. Ce sont des
troupes jeunes ; l'expérience viendra et elles seront merveil-
leuses.

Notre général de division nous a adressé une note magnifique : l'éloge du fantassin. C'est un hommage à l'héroïsme
malheureux de nos camarades qui ont attaqué Saint-Quentin.

C'est bien vrai que le fantassin est le soldat le plus beau !
Il est celui de toutes les fatigues, de tous les sacrifices, le modeste

qui meurt et qu'on ignore. Il est la foule anonyme qu'on ne loue pas, ils sont trop, et qui gagne les batailles.

Quand je les regarde, ces paysans, ces humbles que sont nos poilus, qui ont sauvé la France à la Marne, à l'Yser, à Verdun, je me sens fier d'être l'un d'eux et je me trouve indigne de les commander.

D'autres ont des chevaux, des canons, des avions : nous autres, officiers et gradés d'infanterie, nous n'avons que des hommes. Nous n'avons pas de machine à servir ou des bêtes à diriger, nous avons des cœurs à former, des volontés à tremper.

Passe, jeune officier aux habits boueux et troués ; passe, poilu sale et loqueteux, vous êtes les plus beaux.

Aux Armées, 20 Juin 1917.

A ma Fiancée,

Mon stage à l'artillerie est fini. Voilà retrouvés mes poilus. Comme je me sens attaché à eux !... C'est un bonheur de les retrouver gais, contents, témoignant une joie réelle de me revoir avec eux.

J'ai pourtant dû en gronder et en punir quelques-uns : permissionnaires en retard. Mais c'est la liquidation du passé et je crois bien qu'à partir d'aujourd'hui, je ne vais plus avoir de retardataires.

L'un d'eux m'a confié une petite corvée désagréable. Il m'a demandé d'écrire à ses parents pour les engager à lui donner leur consentement à son mariage qu'ils lui ont refusé obstinément jusque là.

C'est gênant. Je ne voudrais cependant pas manquer à la confiance que me font mes poilus qui viennent souvent me trouver pour me demander conseil sur des intérêts qui ne sont pas du tout ceux du service.

Enfin, j'aviserai.

Le vaguemestre vient de me remettre ta lettre. Si mes hommes aujourd'hui me rendent heureux, toi, pour une fois, tu me fais de la peine.

Pourquoi, après l'expression de ta tendresse, jeter le doute sur ton espérance qui est la mienne ? Quand on aime, on ne doute pas.

Pourquoi ces paroles d'incertitude, qui sont criminelles, sur le sort de la France ? Ah ! c'est une belle victoire qu'a remportée

l'Allemagne que d'avoir réussi à mettre le trouble et l'angoisse
dans des âmes françaises.

On t'a trompée, quand on t'a dit que le poilu n'était plus
à hauteur de sa tâche. On t'a trompée, quand on t'a dit que le
poilu en avait « marre ».

Le poilu a trois ans de guerre, mais il aime la France toujours, jusqu'à la mort ; on lui raconte des histoires au poilu, mais
il croit en la France.

Et le poilu vaincra.

Mais laisse-moi te dire que tu rends sa tâche dix fois plus
pénible et que tu seras cause de sa mort si tu continues à rendre
aux Boches l'espoir que chaque jour le poilu travaille à détruire.

Pourquoi crois-tu ce que disent des gens trop simples, ou
des traîtres, et ne me crois-tu pas ? Tu acceptes tous les racon-
tars, tu cours après eux ; et quand je te dis ma pensée, moi qui
vis la guerre, moi qui sais que le poilu a pour ancêtres les gro-
gnards de l'an 12, tu doutes, et tu parles d'heures douloureuses
où vous tremblez pour le sort de la France, et je vous sens aller
à toutes les capitulations.

Il vous faudrait, gens de l'arrière, six mois de « komman-
datur » ou deux mois de captivité en Bochie pour vous apprendre
qu'on meurt ou qu'on triomphe quand on a pour adversaires
des Huns.

Non, crois-moi, garde une confiance sereine en la victoire,
et dis-toi bien que si la guerre se prolonge, c'est par les naïfs de
l'intérieur qui se laissent tromper ou corrompre par les émissaires
de Guillaume ; dis-toi bien que tu fais œuvre aussi utile que le
poilu qui tue un Boche si tu sais ruiner autour de toi l'influence
pernicieuse qui détruit la confiance.

Ils rendront notre victoire plus difficile, ils feront verser du
sang, ceux qui doutent ; mais qu'ils le désirent ou non, les Boches
seront vaincus.

Aux Armées, 25 Juin 1917.

A mon Frère,

On nous a fait lire au rapport une note dans laquelle M. le
Ministre de l'Intérieur dénonce une propagande active à l'intérieur
du pays en faveur d'un insigne religieux et il demande, qu'en
vertu de la neutralité de l'Etat, le port de cet insigne soit interdit
aux armées.

Aujourd'hui, en France, on n'aime guère la neutralité, Monsieur Malvy.

Je sais bien que la lettre d'un règlement, perdu de vue depuis longtemps, vous donne raison, mais quel souci pour un ministre !

Allons, au nom de la tolérance, Monsieur Malvy !

En tout cas, j'ai aimé le sourire avec lequel les hommes ont accueilli la lecture de cette note. Il y avait dans ce sourire un grain de révolte et beaucoup de mépris.

Le poilu a du bon sens.

Sûrement, il aurait peur bien davantage M. Malvy, s'il savait qu'en cherchant dans les poches de nos morts, on trouve toujours un chapelet ou quelque médaille.

Ministre imbécile ! Il en tolère bien d'autres propagandes !

Mais vrai, je n'arrive pas à comprendre un gouvernement qui délibérément veut ignorer, sinon entraver, une force énorme qui ne demande qu'à être utile à la France.

On est bien obligé de reconnaître que les prêtres aux armées, les aumôniers surtout, ont conquis l'estime et la sympathie de tous par une conduite digne de tout éloge. Ils ont acquis une influence considérable qu'ils emploient à réconforter les courages, à faire accepter le devoir, à donner l'espérance. Et on voudrait entraver leur action.

Ah ! le sort du pays serait beau si, au lieu de prêcher la résignation et la soumission aux hommes et aux choses, tous les curés de France disaient à leurs fidèles :

« Notre gouvernement est impie, vous ne lui devez pas « obéissance. »

Et croyez-vous, Monsieur Malvy, que vous ne leur en donnerez pas l'idée ?

Ou bien, si tenant le langage de certains ils disaient :

« Assez de sang versé, les Allemands nous tendent les bras, « allons à eux. »

J'en sais beaucoup, beaucoup, Monsieur Malvy, qui leur obéiraient plutôt qu'à vous.

Que vous le vouliez ou non, la France est catholique, jusqu'aux os. C'est une de ses traditions, une de ses forces les plus grandes ; et en pleine guerre vous voulez détruire cette force énorme ? Criminel !...

Je suis écœuré de tout ce qui vient de l'arrière. L'air y est empoisonné, et il arrive jusqu'à nous.

Heureusement, nous allons en première ligne ce soir, à l'air pur.

Aux Armées, 4 Juillet 1917.

A MON FRÈRE,

Nous avons quitté Saint-Quentin. Nous sommes au repos dans la région libérée.

Hier, le général Pétain a vu tous les officiers de la division. Après nous avoir félicités de n'avoir eu aucun acte d'insubordination à réprimer, il nous a mis en garde contre les faits très graves qui se sont passés dans certains régiments. En termes terriblement précis, et qui ont plu, il nous a invités à la fermeté si nous nous trouvions jamais en présence d'une mutinerie, afin, a-t-il ajouté, d'éviter un mal bien plus grand.

Comme c'est triste !

Nous étions partis à cette offensive le cœur plein d'espoir, le plus difficile était fait, nous nous sommes arrêtés, je ne sais pourquoi ; nos hommes ont été travaillés par une campagne pacifiste née en Bochie, mais avec quelle facilité ! Le découragement, le doute sont venus, des unités ont refusé d'obéir ; certaines même ont tourné leurs baïonnettes sur Paris.

Il a fallu réprimer et le sang a coulé.

Qu'il en est, et qu'on ne soupçonne pas, qui font leur fortune de la mort de nos soldats.

Car, vois-tu, j'ai peine à croire qu'ils ne sont pas les complices bien rétribués des Boches ceux qui ont provoqué ces mutineries par des tracts, des brochures infâmes, où l'on semait à plein vent les idées de révolte, et ceux qui ont laissé faire.

Aux Armées, 16 Août 1917.

A MON FRÈRE,

Nous sommes à l'arrière, attendant le jour J... Un peu d'exercice — nous répétons notre rôle — et de trop longs instants de flânerie.

Je ne te dirai pas que nous sommes joyeux de sauter à la gorge des Boches, mais nous acceptons résolument notre mission, et je ne vois pas que le rire franc des poilus soit plus rare que d'habitude.

On est pourtant toujours un peu nerveux, les jours qui précèdent un engagement. En ce moment, nous savons trop ce que nous avons à faire, et l'imprévu nous plaît, à nous autres Français ; nous avons hâte d'en avoir fini.

Nous connaissons, jour par jour, l'état de préparation du terrain que nous avons à conquérir. Les renseignements qui nous arrivent sont bien faits pour nous réconforter. Nos canons leur en envoient des projectiles, de quoi les dégoûter de la guerre. « Il y en avait tellement des tas d'obus dans la forêt d'Esnes, « disait tout à l'heure un poilu, qu'il faut bien quatre jours « encore avant que nos artilleurs aient pu tirer tout ça. »

Il faut aussi une préparation morale. Nos hommes n'aiment pas qu'on leur « bourre le crâne », mais il est nécessaire de détruire au moins l'effet des campagnes pacifistes dont l'écho arrive encore jusqu'à eux. Juge plutôt.

Un de mes vieux braves m'a remis hier une feuille malpropre qu'il avait trouvée dans son cantonnement. C'est un appel aux troupes à la veille d'une attaque.

J'ai lu :

« Consentir à aller relever des camarades en tranchées, « c'est votre devoir ; mais vous présenter à la mort pour faire une « guerre offensive, une guerre de conquêtes, pour satisfaire les « ambitions des capitalistes, vous ne le devez pas. Résistez, si « vous le voulez, en attendant que d'autres à l'intérieur vous « donnent la paix ; mais ne grossissez pas le torrent de sang qui « s'échappe des veines de malheureux qui sont vos frères. »

C'est signé : « Un des comités pour la paix. »

C'est la préparation boche.

Il est atroce que l'ennemi soit aidé chez nous à ce point. Je préférerais voir aux Allemands deux fois plus de canons que de sentir leurs complices à l'intérieur du pays saper nos énergies. Qu'ils nous font du mal, ces misérables qui oublient leur Patrie ! Puisse-t-elle bientôt se tarir cette source malpropre qui a failli empoisonner l'armée il y a quelques semaines !

N'importe, le moral est bon. La censure a ouvert cent lettres parties de mon bataillon. Toutes, et c'est la première fois à la veille de la bataille, respiraient la résignation ou disaient notre volonté de vaincre.

Il est un nom d'ami qui revient dans beaucoup de ces lettres : celui de l'aumônier. Un grand nombre de poilus l'ont vu l'aumônier, et chez ceux-là on sent un courage mieux trempé, une confiance plus grande. Ah ! oui, on est plus fort pour la lutte, pour le sacrifice, quand on croit et que l'espérance va au-delà même de la mort.

Aux Armées, 31 Août 1917.

A mon Frère,

Nous descendons de Verdun.

Nous venons de prendre plus que notre revanche de 1916.

Le 20 août, en trente-cinq minutes, nous avons avancé notre ligne de quinze cents mètres. Ma compagnie a fait soixante-treize prisonniers et pris sept mitrailleuses.

Mais aussi, quelle préparation ! Pas un centimètre carré de terrain qui n'ait été retourné, plutôt deux fois qu'une ; nous avons dû traverser des entonnoirs où une section entière disparaissait. De ce qui fut un beau bois, il ne reste, de ci, de là, que quelques branches déchiquetées, que quelques troncs écartelés.

Quel spectacle de désolation et de mort !

Pour sûr, les Boches ont dû être heureux de nous voir arriver. Ils devaient en avoir assez de recevoir pareil déluge de fer depuis sept jours.

C'est une belle victoire.

Depuis deux ans, nous avons participé à de glorieux combats, mais toujours défensifs ; pour la première fois, nous nous sommes sentis maîtres de l'heure, j'allais dire maître des événements ; pour la première fois, nous sommes entrés chez les Boches en conquérants.

C'est bon à nos cœurs ardents.

Mais, hélas ! toute gloire a sa rançon. Nos pertes n'ont pas été énormes, elles ont été de choix.

Mes deux lieutenants ont été tués. L'un, un vieux brave qui avait fait toute la campagne sans blessure, est mort en tête de sa section d'une balle en plein cœur. L'autre, un tout jeune dont le grand cœur égalait la froide résolution, est tombé en se jetant sur une mitrailleuse qui brisait notre élan. Il aurait pu n'être pas là ; il m'avait dit :

« Je vous supplie d'obtenir que je reste avec vous. »

Un aspirant plus jeune encore, volontaire aussi, est mort de sa bravoure.

Et mes deux vieux compagnons d'armes, mes deux sergents, deux compatriotes, qui ne m'avaient jamais quitté depuis deux ans, dans ma section, dans ma compagnie, qui ne l'auraient pas voulu, sont tombés dans un même élan de foi et de sacrifice.

O morts glorieux, que vous me rendez chère cette terre de France.

A mon Frère,

Maintenant, c'est l'Argonne, secteur tranquille, mais aux sanglants souvenirs.

Nulle part, je n'ai vu de si nombreux cimetières ni de plus étendus. C'est, dit-on, le résultat d'un commandement au mérite trop politique.

Depuis la fin de 1915, la vie ici est devenue possible. On a travaillé beaucoup, les tranchées sont bien faites, les abris confortables.

Les premières lignes conservent un aspect de combats formidables. La forêt y a disparu, ensevelie sous des entonnoirs de mine dont le diamètre atteint quarante ou cinquante mètres. Ici, à la Fille-Morte, il faut regarder cent mètres en arrière de nos postes avancés, accrochés aux lèvres des entonnoirs, pour apercevoir de distance en distance, émergeant du sol bouleversé, quelques squelettes d'arbres.

La guerre de mine se réduit pour l'instant à des camouflets, peu nombreux d'ailleurs, qui nous réveillent toujours à une heure trop matinale.

Dès les positions de soutien, c'est la forêt intacte et précieuse à des hommes qui aiment l'air et la lumière. Les abris y deviennent plus que confortables. Avec leurs parois lambrissées — le bois abonde en Argonne — ils prennent un air de gaieté quand on peut y faire flamber de grands feux de chêne ou de hêtre.

Pas de travail de nuit, le couvert permet toute corvée de jour.

Je crois bien que beaucoup s'offriraient à finir la guerre dans ce coin.

Nous n'aurons pas ce plaisir. Nous allons être relevés pour retourner à Verdun sans doute. Cette perspective sourit assez peu à la plupart d'entre nous. Un poilu a voulu probablement me le faire comprendre.

Le sergent de jour a trouvé dans la boîte aux lettres un bout de note qu'il m'a remis et dans lequel le poilu anonyme disait :

« C'est bien temps que ça finisse. Nous avons assez donné de sang aux bouchers Caillaux, Malvy et Cie. »

Pauvre diable, qui commence à voir et à comprendre ! Allons, patience !... il y a la France à sauver.

A MON FRÈRE,

Encore Verdun.

Je ne connaissais que la rive gauche et je croyais avoir eu l'image la plus désolée d'un champ de bataille. Je m'étais trompé.

Hier, dans la soirée, j'ai quitté un faubourg de Verdun pour aller en garnison au fort de Vaux.

Mon commandant m'avait tracé mon itinéraire sur une carte au 1/20.000e. Je devais traverser Fleury-devant-Douaumont. Mais à l'endroit où ma carte situait ce village, je ne voyais rien. Après un quart d'heure d'infructueuses recherches, j'ai fini par découvrir une pancarte où j'ai lu cette inscription :

« Ici était Fleury-devant-Douaumont. »

Je n'ai rien vu, pas même un pan de mur pouvant faire supposer qu'il avait existé un bourg en cet endroit.

Il paraît cependant que la poussière faite de briques pilées y est plus rouge qu'ailleurs. Je ne l'ai pas remarqué.

A perte de vue, dans toutes les directions, c'est la terre meurtrie et déchirée. Il ne reste pas seulement un souvenir de vie. Pourtant, quand les yeux se sont faits à ce spectacle de mort, aux pauses horaires, quand le poilu se reprend à parler et à plaisanter et que les pipes s'allument, il m'a semblé que la physionomie du terrain changeait, et à regarder ces millions de trous d'obus s'étendant au loin sous un très léger manteau de neige, j'ai pensé au moutonnement d'une mer tranquille.

L'illusion a peu duré. Bien vite j'ai été repris par la réalité. C'est Verdun. Voici, à gauche, une sombre masse qui est le fort de Douaumont. Toutes les trois minutes, il s'en échappe un panache de fumée : c'est un obus qui vient de se briser sur la carapace bétonnée. Plus loin, à droite, on devine le fort de Vaux qui se recueille encore.

Nous marchons sur une route peu fréquentée à cette heure. Il est trop tôt. Quelques caissons de munitions cependant, de temps à autre, ou une automobile d'ambulance ; puis, nous commençons à croiser de petits groupes de poilus, fusil en bandoulière, le casque rejeté en arrière, allant aux provisions. J'en arrête quelques-uns pour leur demander mon chemin. L'un d'eux veut me servir de guide.

Ils sont là depuis deux mois. Ce long séjour au milieu de cette terre, où les yeux se fatiguent en vain à chercher une image reposante, leur a donné un visage plus dur, un regard plus loin-

mais il me semble bien qu'il y a dans ce regard un peu de
l'âme des morts et le reflet d'un coin de ciel bleu.

« Mon capitaine, voici l'étang, vous prendrez le premier
« boyau à droite, il vous conduira à deux cents mètres du fort. »

Autrefois, le village de Vaux se trouvait près de l'étang...
on ne le voit plus.

Nous approchons. Je pense aux luttes épiques qui se sont
déroulées dans cette région. Dans cette guerre il y aura Verdun,
et dans Verdun il y aura Vaux. Que doit-il rester du fort? Les
Boches et nous, nous sommes acharnés sur lui ; on a choisi
pour le détruire, en Allemagne et en France, les meilleurs canons,
les plus gros obus. Il subsiste pourtant ; et c'est un étonnement
de le trouver plus solide et mieux armé qu'avant. Je ne te don-
nerai pas de renseignements indiscrets. Je te dirai toutefois qu'il
y a dans le fort une petite chapelle et qu'on peut lire, à côté de
l'autel, une magnifique consécration du fort de Vaux au Sacré-
Cœur. Celui-là a compris qui a su placer ici cette source énorme
de forces morales pour les neuf dixièmes des combattants.

Ce matin, je suis monté aux observatoires. Nous sommes à
peu près à la limite du champ de combat. Au loin la Woëvre, où
je distingue dans la brume quelques villages, Étain ; plus près,
des bois, objectifs fréquents de notre artillerie ou centres d'incur-
sion de nos patrouilles ; plus près encore, Damloup, un tas de
pierres ; enfin le glacis du fort, qui serait un cimetière trop étroit
pour les cadavres qui y pourrissent.

Les alentours du fort conservent l'aspect du terrain que
nous avons traversé hier — l'horreur a des limites — mais il
paraît qu'on ne peut fouiller un mètre carré de terre sans trouver
un mort.

Je ne sais ce que la guerre nous réserve encore, mais je
crois bien que ces terrains resteront le champ de bataille le plus
grandiose des siècles. Chaque coteau, chaque repli de terrain,
chaque tertre a son combat, son histoire ; chaque fossé est une
tombe.

Notre imagination est impuissante à nous représenter les
luttes dont furent témoins ces collines. Dix morts ensemble en
diraient moins qu'une seule d'entre elles. Figure-toi le spectacle
le plus horrible d'un combat ; renouvelle-le dix fois et tu auras
l'enfer d'où sont sorties ces épaves.

Si l'on tombe en admiration devant ceux qui restèrent les
maîtres de cet immense tombeau, on ne peut s'empêcher de
pleurer et de maudire.

Gardons Verdun pour guérir à jamais les peuples de la guerre.

Aux Armées, 25 Décembre 1917.

A mon Frère,

Depuis trois jours, je suis accroché entre Bezonveaux et le bois des Caurières à un terrain qui prête bien peu d'appuis.

Les Boches sont enragés. Tous les jours ils tentent deux ou trois coups de main. Le marmitage y est incessant. Pour une fois, je commence à désirer vivement la relève.

Ambulance 85, 6 Janvier 1918.

En cherchant dans mes poches, j'ai trouvé la lettre que je t'avais commencée le 25 décembre dernier.

Elle avait été tristement interrompue : deux torpilles, à quelques secondes d'intervalle, étaient tombées sur mon P. C. et l'avait effondré. Trois agents de liaison sont morts étouffés sous la terre, deux brancardiers ont été blessés. Triste Noël.

Le lendemain a été pire. Les Boches, furieux sans doute de l'insuccès quotidien de leurs coups de main, ont monté une grosse attaque, dont parle leur communiqué, avec lances-flammes, avions-mitrailleurs, et dont ma compagnie a été la victime.

En moins de deux minutes, le saillant que nous défendions à vingt-cinq mètres des lignes adverses a été assailli de tous côtés. J'ai eu le temps de sortir de mon abri et de faire trois pas avant d'être renversé par une torpille et blessé d'un éclat dans le dos.

Toutes nos tranchées ont été reprises bien vite, mais hélas ! une vingtaine de mes poilus, blessés, brûlés, aveuglés, avaient été emmenés par l'ennemi. Plusieurs étaient tués.

Mon adjudant, surpris au fond d'un abri de demi-section avec une quinzaine d'hommes et invité à se constituer prisonnier, a répondu à coups de revolver. Les Boches ont lancé dans l'abri une caisse d'explosifs qui, par miracle, n'a pas éclaté.

Mon lieutenant, qui se trouvait en soutien à quelques mètres de la première ligne, s'est vu pris au fond du trou étroit qui lui servait d'abri par dix Boches qui l'ont sommé de se rendre. Il a déchargé son revolver sur les insolents. Hélas, il a payé de sa vie son audace.

[illegible]
[illegible] à la captivité ».

C'était un prêtre, le neveu de l'évêque d'Angoulême.

De l'Intérieur, 24 Mai 1918.

À MON FRÈRE,

Tu sais que nous sommes dans la Loire, à cause des grèves.

Les poilus ne sont pas contents ; ils ont le regard méchant. Je crois, si nous marchons, que nous aurons plutôt à les retenir.

Hier, nous avons été alertés. Il y avait eu réunion tumultueuse à la Bourse du travail, et on craignait une échauffourée. En fin d'alerte, j'ai entendu un vieux briscard arrachant rageusement son fusil des faisceaux qui bougonnait :

« Bon Dieu, j'aurais pourtant eu du plaisir à en tuer. »

Ce poilu exagère. Les neuf dixièmes des grévistes ne font qu'obéir à la tyrannie de leur syndicat ; ils ne comprennent pas qu'ils sacrifient la France. Mais il en est qui mériteraient douze balles dans la peau : ceux qui doivent comprendre.

Ce mouvement est boche ; ça crève les yeux ; et si l'on voulait chercher dans la poche de certains meneurs on trouverait de l'or allemand. Hélas ! le régime est impuissant !

J'admire la naïveté de ceux qui, voyant Bolo fusillé et la bande du Bonnet rouge sous les verrous, se figurent que le pays est assaini.

Il renaîtra le Bonnet rouge, sous un autre titre. Et puis regarde ce qu'était le Journal quand Humbert a été arrêté ; compare-le à tout un nombre de journaux actuels ; tu verras si le Journal était plus docile qu'eux aux suggestions défaitistes.

Toutes les libertés sont respectables, celle de la presse, mais quand l'une d'elles profite aux ennemis du pays et entrave la victoire, on la supprime.

Vois-les ces propagateurs de pacifisme et d'humanitarisme pleurant sur les misères des Boches. J'ai entendu ici un gréviste, montrant des prisonniers allemands, dire :

« Voilà nos camarades de misère, voilà nos frères et nos « amis. »

Vois-les encore, ces doux agneaux levant les bras au ciel et criant :

« Nous n'avons pas voulu répondre aux propositions de « paix de l'Autriche ! »

Ils sont aveugles, ils sont bornés, ils sont dangereux, et alors pourquoi les laisser parler, s'ils ignorent qu'on ne raisonne pas le Boche, mais qu'on le dresse ? Ou bien, ils sont à la solde de Guillaume.

Ils sont forts de pouvoir dire :

« Nous sommes purs. »

Hypocrites, vos actes vous jugent.

Les Français, même vos amis de l'heure actuelle, finiront bien par comprendre que c'est vous qui avez amené la guerre, et vous qui la faites durer.

Confiance quand même, mon vieux poilu, la puissance des Boches diminue sur le front et ici.

2 Juin 1918.

A mon Frère,

Quoi ! tu t'étonnes que j'impute au régime l'état d'impuissance dans lequel nous vivons vis-à-vis de ceux qui chez nous font l'œuvre des Boches !

Si nous sommes travaillés par les agents de l'Allemagne, mais, mon ami, c'est la faute au régime qui a voulu obéir à une majorité faite de socialistes et de « socialisants ».

Ce système de majorité déjà ne me plaît guère, car j'estime qu'un homme intelligent a raison contre dix imbéciles, et les imbéciles abondent au Palais-Bourbon. Mais quand cette majorité est faite de gens ayant applaudi Lénine et Trotsky, de gens qui sabotent nos forces morales, provoquent les grèves et découragent nos énergies, oh ! alors je réprouve le régime qui obéit à cette majorité.

En France, vois-tu, patriotisme et socialisme sont deux choses qui s'excluent. On est Français, ou on est socialiste.

Tu t'étonnes encore ?

Si les socialistes étaient Français, ils n'auraient pas besoin de nous faire étalage de leur dévouement à la cause de la Patrie. Même aux yeux des plus simples, leur patriotisme est si douteux qu'ils sont obligés de faire ressortir à chaque minute que leurs actes s'inspirent de l'amour de la France.

Vois donc ce que sont les socialistes.

Les socialistes, ce sont ceux qui mendient le bulletin de vote des débauchés, des fainéants, des tarés ; ce sont les amis de la bande à Duval qui trouvent la justice trop dure. — Quand on a la conscience tranquille, on ne blâme pas la rigueur des lois pour les traîtres. — Les socialistes, ce sont les députés qui veulent épargner à l'Allemagne le châtiment de son crime, et les voyous des villes.

Nous avons eu des hommes de gouvernement de grandes qualités, aux nobles ambitions : Viviani, Ribot, Briand. Ils n'ont rien pu faire pourtant, parce qu'ils ont voulu travailler au salut de la France en donnant la main aux socialistes.

Je sais bien que maintenant le gouvernement les laisse de côté, les socialistes. Mais il les tolère. On les croit puissants, ils ne sont qu'impopulaires. Ils font beaucoup de tapage, mais on leur tourne le dos.

Un honnête homme a pu aller au socialisme, il n'y reste pas aujourd'hui.

On les fuit, les socialistes, parce qu'on sent la malpropreté chez eux.

Il faut avoir une conscience de politique pour donner la main à un socialiste.

8 Juin 1918.

A UN CAMARADE DE COMBAT,

Ta lettre m'a surpris. Ah ! il te semble, mon ami, que nos efforts sont vains, et je sens le doute planer sur ta tête.

Je ne pensais pas, moi le converti de la guerre, avoir à te réconforter, toi le vaillant, toi le tenace qui, depuis le premier jour, t'es jeté à corps perdu dans la mêlée.

Eh bien, écoute comment j'ai découvert la France et pourquoi j'ai une foi absolue dans ses destinées.

En août 1914, j'ai partagé l'enthousiasme, l'emballement général. Mes idées pacifistes et internationales ont été obscurcies un instant. Mais quand froidement, en juin 1915, après ma blessure et six mois de repos, j'ai songé qu'il me fallait repartir, je t'assure que la guerre m'a paru odieuse et, comme autrefois, je ne l'admettais plus. Je suis parti cependant ; j'ai accepté mon devoir, je ne savais pourquoi.

Puis au contact de nos poilus, au contact des Boches, j'ai réfléchi. J'ai compris que l'ambition de l'Allemagne était démesurée, son orgueil insensé, sa force militaire formidable et qu'elle aurait dû nous avoir écrasés.

Nous avions été bien trompés par nos rêveurs d'avant-guerre !

Pourtant, contre toute attente, nous avons tenu. Nous avions en la Marne, victoire étrange ; nous avons eu l'Yser, miracle de ténacité ; nous avons eu Verdun, qui m'a révélé les forces insoupçonnées de notre vieille race.

Oui, il y a en nous un fond de vertu, un fond d'héroïsme qui nous a sauvés. J'ai compris que notre force, nous la tenions de notre passé, de notre tradition. J'ai senti que la France ne pouvait pas disparaître. Sincèrement, j'ai abandonné des idées trop jeunes, trop chimériques, pour baser mon espoir dans l'idéal qui nous a faits grands pendant quinze siècles.

J'ai compris le « gesta Dei per Francos ».

Maintenant, je sais que nos efforts ne seront pas vains. Il nous faudra souffrir encore, car les illusions qui nous perdaient sont tenaces, mais nous finirons par comprendre que notre salut est dans le retour aux traditions nationales. Quand nous aurons éteint ces propagandes intérieures, ces menées boches, quand nous aurons mis à l'ombre les socialistes et les syndicalistes, agents de Guillaume, nous l'aurons la victoire et la paix.

Ah ! les Boches ont de fameux alliés chez nous ! Tu souris ? Et pourtant dis-moi si tous les partis avancés dans les pays de l'Entente avaient accepté la guerre, comme ils l'ont fait en 1914, comme le font, je crois, les ouvriers américains, ne penses-tu pas que l'Allemagne serait abattue depuis plus d'un an ? Nous n'aurions pas eu la révolution russe, nous n'aurions pas eu ces campagnes pacifistes dont tu sais les résultats en Italie et chez nous. Nous n'aurions pas eu ces entraves à toute action énergique qui nous ont fait vivre dans une atmosphère de veulerie et de trahison. Les misérables ! qui ont l'audace, après avoir endormi notre vigilance — nous ont-ils assez répété en mai 1914 que nous n'aurions jamais la guerre — après avoir ouvertement fait le jeu de l'ennemi, de se poser en conciliateurs et de nous dire : « Assez de sang ». Eux qui ont amené la guerre par la tentation qu'ils ont offert à Guillaume d'une France divisée, dépeuplée, affaiblie ; eux qui, au cours de la guerre, ont été les embusqués et les embusqueurs par excellence ; eux qui laissent à l'Allemagne son seul espoir de nous battre, l'espoir d'une révolution chez nous !

Ils sont cause de la guerre, et ils la font durer. Comprends ça, vieux poilu.

Et maintenant essaie de deviner pourquoi les socialistes de tous pays, aux prétendues idées de démocratie et de liberté, se trouvent les alliés du pouvoir le plus autocratique qui existe...

Vois-tu, ils sont vendus à Guillaume les Lénine, les Trotsky et les autres.

Regarde-les encore, ces syndicalistes tentant de provoquer la grève générale pour amener la paix, lorsque quelques-uns d'entre eux sont relevés des usines. Ah ! la patrie ! ah, l'idéal démocratique, l'idéal de justice et d'honneur que nous défendons, ils s'en moquent bien. Ils n'ont pas le cœur assez bien placé pour reconnaître leur erreur, s'ils ont été sincères, ou accepter de souffrir pour un passé de gloire et un avenir de liberté. Ils sont de la race des esclaves, qui font les révolutions si on ne les tient pas, mais qui déjà lèchent le bâton qui les frapperait.

Ah ! heureusement, ils sont lâches les alliés de Guillaume !

Nous vaincrons, mon ami, parce que nous luttons du côté où les forces naissent de ce qui ne disparaît pas : la justice, le droit, l'honneur, contre l'ambition et l'orgueil d'un peuple égaré et la lâcheté et l'égoïsme de factions nées de l'enfer.

17 Juin 1918.

A un Camarade de combat,

Tu acceptes mes raisons, mais tu crains que l'influence syndicaliste ne perde la France et ton espoir en la victoire semble encore vaciller.

Il est certain que le plus grand danger que nous pourrions courir serait celui d'une révolution à la russe ; mais ce danger est illusoire.

J'avais peur des grèves, comme toi maintenant, quand j'étais au front. Je me les figurais le mouvement d'un peuple malheureux, tyrannisé, que la misère pouvait pousser à toutes les extrémités. Les grèves ne sont point cela.

Elles sont le fait de quelques meneurs qui voudraient jouer au gros personnage ou éviter leur devoir, ou bien qui sont corrompus par l'or allemand. Le monde ouvrier laisse faire, il obéit à ses syndicats sans bien savoir ; j'ai entendu vingt fois dans la rue cette réflexion : « On devrait tout de même bien nous dire pourquoi nous sommes en grève. » Et puis il existe dans toutes les villes un rebus de population, à l'affût d'un vol ou d'un pillage, qui arrête les ouvriers désireux de travailler, brise les vitres et renverse quelques voitures. Ce sont les éléments dangereux, mais dangereux seulement parce qu'on les laisse faire.

Je crois que Clemenceau les mettra à la raison... c'est si facile d'ailleurs : ce sont des gens trop lâches pour accepter leur

devoir quand ils sont libres, trop lâches pour le refuser quand le
gendarme est là.

On commence à les connaître, ces fauteurs de troubles. Les
braves ouvriers en ont assez de supporter leur autorité ; les petits
commerçants les exècrent. Et les paysans ? Ils ont applaudi
Brizon quand il leur disait les bienfaits d'un socialisme qui don-
nait la terre aux fermiers, mais aujourd'hui que ce socialisme
veut faire profiter de leurs biens à eux les fainéants et les gouapes
des villes, ils maudissent Brizon et son socialisme.

C'est une réaction profonde qui se produit dans le pays
contre les idées syndicalistes et révolutionnaires. On comprend
que les théories du collectivisme et de l'internationalisme sont de
vastes fumisteries qui ont profité aux plus habiles, aux moins
délicats, et dont la France a failli mourir. On se rend compte que
nous devrons un « rabiot » de guerre aux socialistes qui deman-
dent la paix, aux syndicalistes qui provoquent les émeutes. Je ne
serais point étonné, aux prochaines tentatives de grève, de voir
les ouvriers eux-mêmes, avec des gourdins, s'il le faut, s'assurer
la liberté du travail.

Hier, j'entendais une conférence sur l'effort des Etats-Unis.
On nous disait :

« La France a brisé l'élan envahisseur de l'Allemagne ; elle a
résisté à la pression formidable des armées de Guillaume. Elle
saignait de toutes parts, mais elle tenait ; elle serait morte plutôt
que d'être esclave. Dieu l'a vu et la France est devenue la
« nation drapeau » autour de laquelle sont accourues se grouper
toutes les forces libres du monde qui, demain, écraseront les
Boches... Peuple de héros, peuple de martyrs, tu es trop grand
pour mourir jamais : tu es une âme. »

Bravo... nous serions morts plutôt que d'être esclaves.

Non, ils ne sont pas Français les capitulards d'aujourd'hui.

Confiance, vieux lutteur, la France s'est sauvée des Boches,
elle se sauvera des socialistes.

Le 25 Juin 1918.

A mon Frère,

Nos amis Italiens travaillent bien. Ils ont fait, ce printemps,
mieux que nous. Leur victoire ouvre nos cœurs à toutes les
espérances.

Il faut être ardent comme un rayon du soleil d'Italie pour se
ressaisir en six mois et remporter pareil triomphe, après Caporetto.

Ah ! ce sont bien nos frères, ces Latins, qui se laissent aller paresseusement et, sous le danger, d'un coup se réveillent et remportent des victoires qui font crier : miracle.

Que vont faire les Boches ?

Après une nouvelle offensive sur notre front, qui échouera, leur situation deviendra grave.

Ils vont bien finir par comprendre qu'ils s'useront à vouloir battre le monde. Ils doivent commencer à se rendre compte qu'il y a des Américains en France de plus en plus nombreux qui sont, ma foi, de fiers « poilus » aussi.

La misère est générale dans les empires centraux. En Allemagne, les grèves éclatent ; en Autriche, elles sont générales.

Quand je te dis, mon ami, que le syndicalisme et le socialisme sont bons... chez les autres.

26 Juin 1918.

A MONSIEUR CLEMENCEAU,

La France a mis sa confiance en vous. Elle vous la garde encore. Mais écoutez.

Il y a chez nous des trop jeunes, des trop vieux, des malades ou des lâches qui portent un costume civil.

Ils ne sont pas la France.

Depuis quatre ans, ils emplissent les rues, les lieux publics, les journaux de leurs idées, de leurs critiques, de leur trahison.

Il en est d'autres qui, depuis quatre ans, se font « casser la gueule » et se taisent.

Permettez que la voix de ces derniers un instant se fasse entendre et qu'ils vous disent :

« Oui, pour la liberté et la grandeur de la France, pour la « liberté du monde, nous acceptons notre sacrifice.

« Mais nous ne voulons pas que ce sacrifice soit rendu vain « et doive se renouveler, parce qu'il y a chez nous des amis des « Boches, parce qu'il est des puissants qui, pour faire montre « d'un pouvoir que le pays ne leur reconnaîtrait plus, énervent « notre confiance et sèment le doute.

« Nous ne voulons pas que des forces de notre Patrie, des « forces morales surtout, soient ignorées ou méconnues parce « qu'elles reposent sur une tradition qui déplaît à certains.

« Nous ne voulons pas que les intérêts de la France soient « sacrifiés ni à un individu, ni à un parti.

« — Vous nous avez promis la Justice. Faites-la plus rapide —
« il faut aller vite en guerre — et plus dure. S'ils ont joué avec
« notre sang et avec les destinées du pays... qu'ils meurent.

« Il y a eu, il y a encore chez nous des mouvements boches
« ou probochés. S'ils existent, s'ils se développent, telles les
« dernières grèves, c'est qu'avec notre régime, il y a moins de
« danger à suivre la canaille qu'à rester honnête. Faites que ce
« soit le contraire.

« Débarrassez-nous de la trahison, des influences dépri-
« mantes, et faites la France unie et forte de toutes ses forces.

« Vous en avez la volonté, ayez-en le pouvoir, ou vous
« ferez crier :

« A bas la République ! »

CHARLIEU. — IMPRIMERIE MICOLON ET Cⁱᵉ.